Being alone is not that cool

单身这点英勇

by
薇薇恩小姐

译林出版社

图书在版编目（CIP）数据

单身这点英勇 / 薇薇恩小姐著．—南京：译林出版社，2023.9
ISBN 978-7-5447-9774-0

Ⅰ.①单… Ⅱ.①薇… Ⅲ.①散文集－中国－当代 Ⅳ.①I267

中国国家版本馆CIP数据核字（2023）第087789号

单身这点英勇　薇薇恩小姐 / 著

责任编辑　王　玥
装帧设计　侯海屏
图片摄影　薇薇恩小姐
责任印制　闻媛媛

出版发行　译林出版社
地　　址　南京市湖南路1号A楼
邮　　箱　yilin@yilin.com
网　　址　www.yilin.com
市场热线　025-86633278
排　　版　南京展望文化发展有限公司
印　　刷　江苏凤凰通达印刷有限公司
开　　本　880毫米×1230毫米　1/32
印　　张　6.25
插　　页　2
版　　次　2023年9月第1版
印　　次　2023年9月第1次印刷
书　　号　ISBN 978-7-5447-9774-0
定　　价　58.00元

To my love
and loved ones

献给我爱的
以及爱过的人

目录

Preface

一个人，漂泊又璀璨

文/黄佟佟

认识薇薇恩小姐，也有好几年了吧。

一直听温柔的上海女友朱慧念叨她，说薇薇恩如何聪明，如何好玩，于是在一个冬天的饭局约上，那一次，有四个人，她话不多，有一种冷冷的审视在里面。

大部分人都不喜欢这种冷冷的审视，但我很喜欢。

做惯采访的人，都是这样的，冷冷的审视比热情地扑上去要专业得多，其实我暗地里对第一次见面的人也有冷冷的审视，只不过，我胆小，不敢表现出来，呆傻和略带茫然的微笑是我从私人表情库里拽出来的万用面具，因为如此比较省时省力，不用多解释——这当然说明我比薇薇恩小姐世故，她比我勇敢，比我真，比我更敢不鸟这个世界。

这也是我为什么喜欢看她写“一个人”系列的原因，刚开公号时我就追着看，虽然她在文章里讽刺我爱挣钱爱买房，可是我爱挣钱爱买房毕竟也是真的啊，只要是真的人，真的事，我都喜欢——薇薇恩的真，是一种特别的真，有一点㞞，又有一点嚣张，她的真是敢于揭露这个世界的真，是敢于面对自己的真，她一点也不打算和这个世界耍花枪，也并不打算讲和，所有的思考都直指真相，让你看到胆颤心惊：

> *“财富与性是单身的准行证。”*
>
> *“女孩从狭小的原生家庭走出来，去看更大的世界，往往是通过一些人（比如学校的老师），通过一份工作，通过她们的同学、朋友，还有通过她们爱上的人。在很年轻的时候，那些野心勃勃的女孩常常会爱上那些看起来非常优质的男人，但本质上，吸引她们的其实不是那个男人，而是那个男人所代表的那个陌生世界……男权的世界，男人掌握了很多资源和主动权在此搏杀，年轻漂亮的女人好像有一些便利，但也需要十分小心，容易的事情通常都不会太好。”*
>
> *“真爱某种程度上是物质的。当你爱上一个人，会给他不*

> *停买东西，看到好看的东西就会想着他用这个一定好。想给他世界上的好东西，想让他变得赏心悦目。这真是长了一颗土豪心。但，真爱就是想要不计代价地付出，就是想不惜一切让对方变得更好。”*
>
> ……

除了对于世界的坦诚，薇薇恩小姐还有对自己的坦诚，和大部分的女人不一样，她一点也不想给自己喂鸡汤，更不想给别人喂，任何粉红的幻想在她这里都是要被一一戳破的，我个人以为这正是本书的最大意义所在。

所有的清醒都不为过，所有的真实都富有价值，她笔下一个人面对生活的慌张与狼狈，常常让我看得咬着后槽牙冷笑起来，嗯，那些尴尬我都经历过，那些细小的刺痛的东西，某种程度上我会选择迅速地忘却，但薇薇恩把它们拎了出来——她一点儿也不打算回避这些让人不快的东西，更没有任何给你打鸡血的欲望，她就是真实地写出来，真实的痛，真实的哭，真实的孤独，“单身并不那么酷，有时也挺惨的；有时会需要鸡血，有时的确很开心；有时需要另一个人的关心，有时很想有一个人爱你，有时会爱错人，有时会尴尬；……单身不免忧虑，更害怕安全问题，但大多数时候都不会麻烦到别人；单身会觉得对不起父母，但他们的话基本也失去了影响力；……单身只是一种现实，合理存在”。

是啊，单身就是一种真实的存在。你得承认单身是不容易的，在一个拥有强悍的小农家庭伦理观念，繁殖信念无比强大，社会保障尚未健全，男性占据绝对优势的传统社会里，女性的单身真的不是一件容易的事，但这没有什么，因为你必须先去认识，先去接受，只有这样，才是改变的开始。

单身是我们的错么?

当然不是错，它只是一个时代潮流，再过十来年，上海四十岁以上的女性单身率会达到百分之三十，而八零后女性只不过刚好站在了潮头。

单身是不值得一过的生活么?当然不是。它有很多委屈，有很多孤独，有很多压力，但同样也有很多的轻松，很多的欢乐，一旦你不允许那些潜伏于黑暗里的莫须有的痛苦侵袭你，你就能得到最大程度的自由。最大程度的自由是什么?我能想象的最好画面就是薇薇恩小姐的家，房子不大，布置得很亦舒，白色的纱窗，白色的床单，有书，有香槟，有音乐，有朋友，薇薇恩小姐亲自下厨做着面，那是一碗惊为天人的面，我们甚至完全来不及谈论单身的悲欢，而是热烈地讨论起如何可以在广州市中心开一家一人食的面馆……真的，同为单身者，我知道一旦我们走过那些纠结，让内心拥有力量，我们往往能获得意想不到的幸福，就像薇薇恩小姐采访过的“一人食”的Samuele，“早上四五点起床，给自己倒上一杯啤酒，然后花一两个小时用心做一顿早饭，早起做饭、吃饭的时间也是他难得的独处时间。世界还未醒来，天地之间只自己一人，还有炉灶的声音、食物的香气，啤酒在口腔间的滋味”。

是啊，一个人是不容易的，特别在现在，认尿是必须的，可是话说回来，有谁的人生是完美的呢？看着薇微恩小姐在书里无意中提到的那些，纽约的酒馆，比利时的薯条，布鲁日的运河，波特兰周末市集那家帕尼尼……你不得不承认这是一种更接近璀璨的生活，虽然生活都是挣扎，但相比沉沦在烂泥里无望的挣扎，我更向往这种挣扎，当你可以独自起床，清晨轻轻咽下一口清凉的啤酒，那舒爽抵达胃部之际，一句豆瓣名言突然升起："漂泊又璀璨的生活，不需要一丝怜悯。"

去做自己想做的事，去过自己想过的人生，哪怕是一个人。

时代的风打在脸上，有点冷，但能站在前面，何尝不是一种幸运。

祝单身快乐。

Part I

我们来谈谈怎样让单身不再弱势。

然后我已经强大到无人撑我了。

通晓人情和世故，仍保持天真，才能温柔而强大……

我一直喜欢一种女人，她们漫不经心地走路，一路跌跌撞撞地走来，只凭着自己的心性走，遇到不喜欢的人，正眼不抬一下；遇到磁场相吸的人，眼睛里则是满满的笑意。

作为30+的女人，感同身受，由衷地鼓个掌。与其为了所谓“虚幻”的爱情去触碰高压线，不如爱上自己的影子，谁让自己比他们精彩。

微信公众号“风流猪狗”的读者对以上弹幕有贡献
青女十四陵、阿宵、滢芊、Linda Linda

Am I
a Lonely Dog?

19

单身未必成狗

连父母对你都开始不耐烦，是的，人人都可以结婚，那些成绩比你差的，工作没你好的，都结婚了，而且小孩都会打酱油了。为什么，为什么唯独你没有结婚，甚至身边连一个靠谱的结婚对象都没有？你突然发现，终于有一天，在世俗标准中，你失去了“比较”优势。你终于成为一个对照组，用来证明七大姑八大姨的真理：女孩子必须要结婚，否则就太可怜了。

你的大学室友，一个大龄女青年终于通过相亲将自己嫁了出去。作为一个已婚人士，她充满优越感地劝告你，结婚也没那么难，就是过日子呗，还满怀好意地建议，换一份轻松点的工作，找个可靠的老公比什么都强。你虽然在内心嘲笑她那个三十岁就谢了顶的丈夫，无法接受那些装模作样的婚纱照，还有那个用滤镜美化过还显得很恶俗的家，对那个看起来面目不清的婴儿也不以为然，但是，第一次，你有点担心这是不是一种“人有我无”造成的心理失衡。

你自己也开始有危机感。曾经的婴儿肥在消失，脸小了，这也意味着脸上的胶原蛋白正在流失，脸正在塌陷。你终于知道年轻是什么了！年轻就是那张胖嘟嘟的大脸啊！你上网查了一下冰冻卵子，一个女人一辈子最多只能排出400—500个成熟的卵子，卵巢从三十岁之后就开始衰老——当然你现在或许并不需要一个小孩来给人生增光添彩，但是，你不知道十年、二十年之后，当你想要一个孩子时，你是否还能够顺利怀孕。

周围的社交活跃人群普遍比你年轻五岁以上，他们是看《宠物小精灵》长大的一代，对于《恐龙特急克塞号》实在无感。新进员工比你年轻十岁，开玩笑地喊你“阿姨”。

每周一聚的单身闺蜜局有越来越多养生、健身话题，你们开始交流如何治疗腰肌劳损，哪个中医师靠谱，哪种姿势的俯卧撑最有效……话题一旦转入男人，无非就是各种狗血八卦以及男人丑态。是的，男人已经日渐异化，他们要么很屌丝，要么很现实；要么很花心，要么既现实又花心，还是个纯屌丝。最近讨论的话题是：你能接受比你小几岁的男人？

但是，除了那个“你应该如何如何了”的世俗标准，单身总体上还是愉快的，至少对我来说。经济独立，身体健康，工作努力，有自己的空间与时间，可以做自己想做的事情。事实上，除了父母在电话中的絮叨，这个世界上没有人会来干涉你，你完全可以按照自己的方式活着。

当然，这一切的前提是，把自己的想法理顺：你究竟有多需要另外一个人。因为说到底，另外一个人的出现，往往取决于你的妥协程度。

我希望最大程度地保有自我，所以，暂时就这么一个人好好过吧。

有朋友让我在七夕这天给月老点蜡烛烧个香，求他帮我系根红头绳之类的。我想了一下，家里只有熏香和大白蜡烛，月老应该不会喜欢。对一个死宅来说，在节日出门买蜡烛和香火又是不可能的任务——何况我还是一个无神论者。于是，只得作罢，开始写本书的第一篇：单身未必成狗。写于七夕当日。

You Need
Money and Sex.

23

财富与性
是单身的准行证

在奥斯汀时代，嫁个有产业有年金的单身汉是王道，借此女性可以获得合法的性和财富。那么，在大龄女青年时代呢？一个经济独立的女孩，想要在婚恋气氛浓郁的环境中生存下来，也有赖于两点：足够的钱以及丰富的性。美剧《欲望都市》为什么好看？如果拿掉那么多露水情缘以及Jimmy Choo、Prada、Dior——还有什么看头呢？看四个女人在一间破公寓吃着中国快餐，唉声叹气没有男人吗？编剧应该会去自杀吧，都编不下去了。

一个现实的例子。我有一个小学同学，未婚，今年领养了一个孩子。她与我同龄，她的单身史充满了挣扎，几乎以壮烈的方式与环境达成了和解。

她是一个文艺女青年，当年小学午睡课上，我们不睡觉，天天讨论TVB剧中的男女主角（我不确定小学生讨论TVB算不算文艺）。记得当时她跟我讲，你很像《京华春梦》里的女主角啊。作为小学生的我感到很高兴，觉得她会识人，这深深满足了当时的我的虚荣……后来分班、上中学，没在一起相处了，也就逐渐疏远了。但一直有听说她作为文艺青年以及好学生的各种传闻。

后来听说她高考失利，上了个一般的大专，在亲戚的工厂当会计。有一次，我回家过年无奈听一个亲戚教导，人生最重要的事情就是结个婚、生个娃，顺便就拿她做了反面例子。你知道吗？那位姑娘，既不结婚也不相亲，闭门不出，现在得了忧郁症在家里待着，连工作都丢了。

我都可以想象她的种种压力。一份乏善可陈的工作，一个“你要结婚”而且“你不能太挑”的环境。假如混沌一点，说不定也能“平平淡淡才是真”，特别是有了小孩之后，母性本能可以将你的注意力全部集中到孩子身上，生活的不易，丈夫的猥琐，一切都变得可以忍受，连那个之前不悦纳的世俗自我都可以被坦然接受。

一个孩子的诞生可以解决大多数问题。所以，大山里光棍买了媳妇之后就是不断强奸这个女孩，直到她怀孕，一旦怀了孩子，就可以拴住她的心。听起来好残酷，但这大概就是古老的解决问题之道。

我这个文艺的小学同学显然没能混沌到找人嫁掉、信奉平淡是福的程度。于是就出问题了：她无法出门，无法工作。后来，她的父母也不敢再催她结婚，就怕她自杀。外界对她的评价就是——神经出了问题。

我在想，假设她有一份收入丰厚一点的工作，不需要寄人篱下的工作，她是不是可以豁免一些外界的恶评与要求呢？通常，女人在相亲时，说到自己看不上某男，听到最赤裸的反馈就是：你以为你长得像天仙吗？你一个月能赚多少钱？在婚姻市场上，假设只是赤裸到交换资源这个层面，其实男女都是一样的评判标准：你的外貌优势，还有你的财富。所以，这位小学同学，假设有些资产，在江南这个小业主社会，大家会闭嘴；或者，对她评价时也会有所忌惮，这可以让她作为单身大龄女青年在一个熟人社会中生存得容易 些。不要说我势利，根据我的现实感受，财富是豁免世俗评价的一个重要砝码。

今年，听说她领养了一个小孩，生活也逐渐上了正轨——所谓的正轨意思是，开始工作了。听说她立志将孩子抚养长大。母爱解决了一些问题，另外一些问题比如小孩的户口，她的父母在想办法解决。事情说到这里，我不知道她是选了一条更加简单还是更加困难的道路，或者也不是她选的，一切

Museu Nacional d'Art de Catalunya

/ Barcelona, Spain

加泰罗尼亚国家艺术博物馆内的雕塑，已经不记得作者了，我觉得有点像很多深爱着的关系

都只是在慌乱中被推着走。这是一个小城单身大龄女青年的故事。

逃离熟人社会，来到陌生大城市，单身这件隐形衣可以穿得更加自在一些。但是那些浓浓的恶意，有时是避免不了的。除了财富市场之外，性也是女性角力的一个重要场所，而在一些人眼中，单身有时也是性魅力缺失的一个记号。

曾经看到一个漂亮姑娘，被另外一个姑娘冲撞了，看她心中窝了一团火，最后扭着美丽的脸骂对方："又老又丑，没有性生活！"嗯，火力挺强的。

作为单身姑娘，为了证明自己不是没有魅力而单身，有时候，得显示自己的生活很丰富，不时在朋友圈PO点纸醉金迷的图，唇印、酒杯，还有男人的裸背就更好了——而且一定要是健身房搏杀过的精壮汉子才有面子。如果是一具松松垮垮的肉体，别人可能会以为你跟贪官睡了。或者在周日清晨PO一张揉皱床单的图，枕头上务必是两个脑袋的痕迹，证明你不是孤枕独眠。

在这个时代，你穿着维多利亚式睡衣（不是维密），在夜间读一本书，人们可能会在心中嘲讽一下你，别把自己当简·爱了，没有罗切斯特来救你。或者揶揄：睡衣不错，能看脸么？吓，不会是张老处女脸吧，满脸褶子吓死了。

Portland & New York / U.S.A.

1.Beam&Anchor店内，我是循着**Kinfolk**的推荐找到波特兰的这家买手店的，在这里我找到了最爱的香水品牌**D.S.&DURGA** **2.**纽约**Bergdorf Goodman**的家居部是我的最爱，好想在这里工作

1
2

你感受到浓浓的恶意没?

还有一些自以为是更让人气不打一处来的，比如，以为你单身就可以随便来一发……

在性的问题上，单身大龄女青年有着更多的暧昧与困境。屌丝可以自嘲天天自撸，可是你说每个周末陪伴你的都是vibrator，哪怕是得了红点奖的那款LELO——然而除非你定位是肉食强悍型的，否则还是觉得没必要晒朋友圈的吧。

Part II

我想抒发一下个人的小情绪。

真爱，干嘛还扯那么多。真的爱了，就是，想，要，了。

过去的将不再来。这大概是时间最令人唏嘘的地方。

真爱何止是想买东西给他……简直就是想买个世界给他，
想拉拉他的手抱抱他，几乎在一开始就知道自己完蛋了。

爱而不得也许才是爱的魅力所在。

在不断爱的过程中成熟长大，才能安然于和谐的婚姻中，
所以说幸福的婚姻大体都一样……

微信公众号"风流猪狗"的读者对以上弹幕有贡献
张敏敏、EVER LAST、钢锯岭的猫、七七、Carol

Emotions on Air

33

这是一段情绪直播

广州的四月一点也不残酷，而是狗血，常常倾盆大雨，到处发霉。

在一个心情极糟的下午，去买了橙花精油，还有一座钟——其实也不需要，就是觉得非得买一个物件才足以把那样一个时段度过。年龄渐长，已经很能体认和理解人生以及人性的复杂，也理解人们的某些选择，绝非出于本心，而是某种权衡的结果。做事的前进就是往前三步，退两步。也确知一旦内心的标准很高，就得花费很多的心力去实现它，大致也是辛苦，或者是对自我十分苛刻，必得承受失望，对自己的失望。

My Livingroom */ Guangzhou, China*

朋友小辛是素人花艺师。在一次活动过后，她让我挑一些剩余的花材带回家，我就选了这么几枝，放在客厅的花瓶里好久

喜爱需要用理智去呵护，才不至于被伤害而一败涂地。但喜爱如果出自本心，便难以理智。爱事与爱人是一样的，如果没有一定的纯度，必然是没有光彩的。而灰败的世界是多么需要光彩。

总是想起王尔德的《快乐王子》，他宝石的眼珠、镶金的身体还有最好的朋友都给了他爱的人们，最后留下了一颗破裂的铅心。“这颗破裂的铅心在炉子里熔化不了，我们只好把它扔掉。”人们便把那颗心扔到了垃圾堆里，死去的那只燕子也躺在那儿。我情愿故事到这里就结束。这非常符合一个悲观主义的预期。

以上是一段情绪直播。

今天下班的路上，突然想讲电话，突然发现好像没有合适的人可以打电话。亲爱的朋友们，你们都很好，要点是“合适的”，合适指的是特定的时间点，特定的事情，特定的情绪。如果都不对，一般我都不会随便给人打电话倾诉。

人总是会在某些时刻陷入一种绝对的孤独，无法与人交流，因为你知道那个共振的难度有多高，有时候，就会放弃了。好在，作为一个曾经的文字工作者，还保留着用写作来自我梳理的习惯，于是就有了以上的情绪直播——一段没有写作技巧，也未经锤炼和琢磨的书写。有点像青春期日记，照理是阅后即焚，结果阴差阳错被保留了下来，而且还印成了书，与很多人分享。看到的人，有厌恶的，有欣赏的，也有无所谓的。但就是如此存在，又被即刻遗忘。

Being Alone
is not that Cool.

37
一个人并不那么酷

以下情况是单身人士会遭遇的状况：

对不起，周日客人太多，我们没有一个人的位置了。或者，叫号时被大喊："10 号桌 1 位，10 号桌 1 位，10 号桌 1 位。"

☺ *拉黑这家餐厅*

风景真美，好吧，自拍一下。

妈妈打电话过来抱怨，现在都不能去参加婚礼了，免得触景生情。

☺ *都是我的错……*

“你知道么？你现在是已婚男人身边的不稳定因素啊。”

☺ *氢弹级指控*

“反正你也单身，不如……”

☺ *掀桌，滚！*

相亲，对方用咖啡勺一勺一勺把咖啡送到嘴里。

埋单，身上没带钱，翻通讯录可以给谁打电话送钱过来。

☺ *没有微信支付的店家*

大部分的节日。

没穿 Bra，套件 T 恤出门倒垃圾，结果被反锁在门外。还要出去找锁匠开门。

☺ *嗯，之前有传说某著名女知识分子出门倒垃圾也要穿得像参加颁奖礼一样，应该这位女士有过以上心理创伤……*

任何有七大姑八大姨在场的场合。

你到底想找什么样的啊？说说。

晚归或者下雨没带伞，独自在路边，拦不到车回家。

拧不开瓶盖啊！

售货员说第二个可以半价哦。

☺ *谢谢！不用了。*

生病了，躺在床上只想喝个白粥，可惜外卖只有潮汕砂锅粥。

智齿发炎脸肿成猪头，医生说，你这种情况要住院，有家属吗？

☺ *“没有。”医生沉默片刻，说：“那算了，配点药回去躺着。”*

被问到，你孩子多大啦？

☺ *大叔大妈，请不要预设别人的人生*

你多久没有性生活了？生日送你一个 vibrator 吧。

☺ ……

强悍的家庭伦理观念；生物学上最佳生育年龄的倒计时；一个社会保障并不健全的社会；一个男性在社会资源上占据绝对优势的国家；一个传统社会印记浓重的社会，个体的价值很少被尊重，团体形态更容易生存。

单身不易。所以，一个什么龙门阵的直男癌患者教导单身女性应该树立怎样正确的单身观念，听起来 PC 一流。可你知道那是他对着真空说话。现实是，在一个人生活的过程中，有许多尴尬时刻，有些时刻的确会让你泪崩。鸡汤讨厌，无法根本解决代际冲突，也不可能一下子让父母接受子女单身的状态——更何况，在什么情况下，用什么方法，代际冲突被解决

103store / *Guangzhou, China*

1. / **2.**我的保留菜品：小米沙拉。在一大批沙拉外送公司出现前，就有多个朋友鼓励我去做沙拉创业，我不以为然，因为我只做饭给我喜欢的人吃

1
2

过？单身女性的确要面对压力，的确会因为找不到那个“对”的人或者爱错了人，而存在自我怀疑，甚至自我否定。那又怎样？

想要与相爱的人结婚，的确让婚姻这种社会关系增添了很大的难度。世界那么大，找不到一个可以生孩子的男人的确有点令人遗憾。这一切都是现实，不需要为了证明单身的正当性，而去否认这一切困难和遗憾的存在。单身不完美，就像人生不完美一样，所以，偶尔需要热泪盈眶的理解与体贴，需要无用的鸡汤，甚至虚幻的美好。

竖中指，说 F 开头的字眼是很容易的。但是，你不得不承认，你偶尔也要活在别人的眼光中吧。连发朋友圈的照片都要加滤镜和美图秀秀一下的各位，不要轻言自己很酷，一点不在意所谓的社会评价。

作为成年人，活了这么多年，应该知道自己并没有想象得那么酷；而且应该已经明了这个社会的势利标准，假设你有更多的钱，社会地位不错，或者至少修一下图，让自己看起来光鲜一点，某种程度上的确可以豁免一些世俗评价。或者更直接地说，可以让你懒得解释，让看不上又无处不在的大批量傻逼闭嘴——即便是傻逼，他们聒噪起来的力量也是很大的。

单身并不那么酷，有时也挺惨的；有时会需要鸡血，有时的确很开心；有时需要另一个人的关心，有时很想有一个人爱你，有时会爱错人，有时会尴尬；有时很想结婚生孩子，有时觉得

1.在洛杉矶，90后闺蜜封潇潇带我看世界，帮我拍下这张　**2.**被单身女人黎坚惠激励，每天要穿到自己满意再出门，于是就有了每天出门自拍一下的计划　**3.**在日本的库老师拍摄的照片，我站在我家茶几上　**4.**被波特兰的樱花迷倒了，觉得不自拍一下对不起自己　**5.**在香港巴塞尔展，友人帮我拍下的背影　**6.**在波特兰，路上遇见这样一个行为艺术的自拍项目，怎能错过

1	2
3	4
5	6

熊孩子真讨厌；单身需要很多朋友，但孤独是大部分，孤独不好也说不上多坏；单身很安静，有时也需要一点热闹点缀；单身会有想要人陪伴的时刻，但大部分时候一个人也能对付；单身不免忧虑，更害怕安全问题，但大多数时候都不会麻烦到别人；单身会觉得对不起父母，但他们的话基本也失去了影响力；单身不是因为女权主义，更不想直男癌来说三道四；单身只是一种现实，合理存在。

Who is
Better to be Loved?

45

不如爱个女人

朋友最近感慨，现在只有三种人在身边晃悠：Gay、Lesbian还有大龄女青年。那么，其他大龄男青年在做什么呢？结了婚带孩子，结了婚出轨，或者结了婚创业。这三种基本上都很无聊，而且都是高压线产品，需要保持一个安全距离的。那单身女人该爱谁呢？好像就剩下女人了。她们未必是Lesbian，只是像一切美好事物一样，令人喜爱。某种程度上，她们也是理想自我的投射。

小时候看过松田圣子主演的一部电视剧，讲的是大龄女青年三十岁之后从头开始的故事。她在剧中开了一间名叫From

Barcelona / *Spain*

1.巴塞罗那的博盖利亚市场，有吃有喝，旅行时住在附近，几乎每天都去 **2.**菜市场是旅行中的目的地之一 **3.**海边的巴塞罗那海产丰富，本地厨师完全看不上国外的海产，比如法国的生蚝 **4.**巴塞罗那的**Cooking Tour**，厨师教我们做西班牙海鲜饭，旁边这位是美国游客阿姨，她先生是波音公司退休的工程师，来过中国

1	2
3	4

Thirty（“三十岁开始”，这名字简直太好了！）的广告公司，那种三十从头开始的意气风发还是相当动人啊，再加上姐弟恋，令当时还是小学生的我对三十几岁的女人十分羡慕，由此奠定了一颗“老人”心。总觉得青春脸不耐看，女人必须得经历一些事情才格外有魅力。适度的皱纹是好看的，再加上爽利、豁达、有幽默感的个性，那简直就是完美了。

现在长到 30+，喜欢的女人都是在 40+ 了——这其中也包含了追星因素。现实中，有魅力的女人跟有魅力的男人一样稀缺，举些非现实例子虽然不过是舔个屏罢了，但从这些虚拟例子中，大致可以推断，如果爱上一个女人的话，她大概是什么样的（眼光很高哦）。有些跟一般女人的 YY 类似，有些大众口味则不太喜欢，比如大家都喜爱的天海佑希女王，掰弯了很多女人，不过我个人并不怎么喜欢她，大概是因为不喜欢她身上的宝冢腔吧，毕竟宝冢是少女大妈的菜——虽然我一度也迷过她饰演的光源氏。

至于像窦靖童这样的，的确很帅啊，她该是 P 界的国民老公，但不过太年轻了吧，那种未经世事的胶原蛋白脸真是令人无所适从呢。我对 Tomboy 无感，大概真的因为是直女的缘故，自我精神分析了一下，一般直女说迷恋某个女人，她的欲望对象并不是那个自我之外的客体，而恰恰是自己的反射——直女的女女爱慕多半是纳西瑟斯情结，它的原点是自恋。

无论男女，个性魅力才是真正的迷人所在，它会改变人的容貌。有些年纪上去就变难看的人，我觉得一定是内部出了问题，内部崩坏掉了，像是用得年头过久的家电，不去擦拭、维护、更换零件，任由它破落下去，显现出“疲倦”的神态——想想那么多的忧心、失眠、周旋，它们怎么可能仅仅只在脑中停留呢？

不过，那种“想多了”的表情如果更多留在眼中而不是脸上的话，也会增添许多魅力。很多人年轻时眼神直白清澈，到了一定年纪，眼睛就变“深”了，像一口井一般，波光之外，还有不可见与猜不着的部分，这时候，你就知道，嗯，这女人经过了些事，而且颇有心得。复杂深具美感，只有直男癌才只喜欢天真妹。

一般来说，感性的女人会可爱些，但太过感性的女人就像甜腻饮料容易让人厌恶，而那些Drama Queen完全是一个灾难——gay除外，如果gay不够抓马那真是一点没意思。

言归正传，假设有一天爱上女人的话，还是喜欢有点硬度的，在感性的表皮之内，定有一个理性的骨骼。她有奇特的理性审视能力，即便已经很投入一段情感，她对于所处关系中的那些本质也看得十分通透，她并不是不爱，也不能让自己不爱，但她就是明白着，更懂得进退。

还是喜欢那些不太一样的女人，不从众、能够不断发现别样人生价值的女人也是可爱的。她们对人生有好奇，能舍弃，还有一种勇往直前的勇气，总是充满了生命力，这才是年轻之源。

最后我想说的是，假设那个 TA 是个女人的话，最好是 A-CUP，不然一对傲然挺立的胸还是挺煞风景的，这大概是我作为直女的女女口味。观察了一下 Lesbian，她们不少都是直男品位，喜欢长直发、一张俏丽嘟嘟脸的美少女。说到这里，突然就感觉人生真的很无聊啊。

How is True Love?

51
真爱是怎样的?

从《爱在黎明破晓前》到《爱在日落黄昏时》再到《爱在午夜降临前》，理查德·林克莱特导演的这三部电影是我觉得最具启发性的爱情片，它们洞悉了男女关系的很多实质，尤其是《爱在日落黄昏时》，每年我都会重温一遍，银幕上这对男女边走边相互吐槽，既有关人生，也有男女关系，真是字字箴言。

比如，人过三十，如何追寻所谓的意义?

> *Jesse：你会发现你遇到的绝大多数人，都是想要过得更好，赚更多的钱啦，赢得更多的尊敬，让人崇拜啊之类的。好累。*
>
> *Céline：没错，要是你自己也成为这样的人，真是太累了。*
>
> *Jesse：我是说，我就是这样的，精神上很贪婪。我想变得更好，懂吗，这是你逃不掉的！*
>
> *Céline：好多年前，我有个男友想做佛教徒，然后他去了亚洲，去瞻仰那里的寺院。*
>
> *Jesse：是啊，我也想过去那些地方。*
>
> *Céline：那你应该去，我告诉你为什么。啊，他长得很帅，每次他去那些寺院的时候，都会有僧侣愿意替他口交。真的……*

每次看到这里我就想大笑。嗯，你以为你在追寻人生意义，但别人不过因为你长得好，愿意给你口交而已……而你有时会觉得这还挺受用的。

还有关于婚姻。你知道两人在发出婚礼誓言时的心理背景吗？Céline 问 Jesse 为什么要结婚，他是这样回答的：

> *“准确来说是……我内心中有种对自我的完美期许。你懂吗？我想去追求那种自我，即使代价是失去真实的自我！你懂我的意思吗？我记得在那个时候，我并不觉得和‘谁’结婚这个问题很重要。一个人并不是你生命的全部……到头来这只是一种负责的表现……就是说，负担起你的责任来，这才是最重要的。”*

我觉得至少有一半的男人是抱着这样的想法结婚的。我想说的是，半数以上男人也并非因为非常爱对方而结婚，只是到了人生某个该结婚的阶段，然后就结了呗。

虽然女人看起来比男人更容易动情，但女人对特定的情感是游移的。Céline 以下一席话说出了很多女人的心声：有时候她们爱的是爱情本身，而不是某个特定的男人。当然，也是因为某个特定的男人无法满足她们对于爱情的期待。

> *Céline：我在想，对我来说，还是不要把事情想得太浪漫比较好。我一直都吃这个亏。我仍旧有很多梦想，但它们都与我的感情生活无关。这样并不会让我不开心，因为事情本来就是这样的。*
>
> *Jesse：这就是你为什么要和一个不常见面的人发生感情吗?*
>
> *Céline：当然，我应付不了那种天天见面的感情。我们相聚的时候可以充满激情，然后他离去了，我会很想他，不过我起码不会痛不欲生。如果有人一直在我身边，我会觉得窒息！*
>
> *Jesse：等等，可是你刚说你想要爱和被爱。*
>
> *Céline：当你年轻的时候，你会相信，你会认识很多人。但后来你才发现能交流的人其实很少。*

基本上，年纪越大，你就越难疯狂迷上一个人，因为你的自我系统已经越来越完善了，很难再在其他人身上找到梦想的寄托，

Portland / U. S. A.

在波特兰傍晚的街边，我自拍了一下。那是寒意未尽的春日

只有当对方像一个梦想般存在时，才会沉迷不可自拔。

但这三部电影其实都是为了讲一个真爱的故事。当然这个真爱故事不是什么死生契阔，而是，好吧，迄今为止，你是我遇见的最中意的人，彼此存在一种精神上的化学反应，以及肉体上的吸引。真爱某种程度上是物质的。当你爱上一个人，会给他不停买东西，看到好看的东西就会想着他用这个一定好。想给他世界上的好东西，想让他变得赏心悦目，这真是长了一颗土豪心。但，真爱就是想要不计代价的付出，就是想不惜一切让对方变得更好。所以，那些对你算计钱或者跟你算计时间的人应该是不爱你的。

还有身体吸引。有朋友说，她有一个非常好的男性朋友，几乎无话不谈，各种灵魂交流，但是，却在最后一关卡住了，因为她发现自己无法跟对方上床。两性的讯息传达有秘密的渠道，身体的相互吸引基本可以回答所有问题。尤其对于女人，如果你在身体上抗拒与另外一个人的亲密接触，那基本意味着你是不爱对方的。

在《爱在日落黄昏时》的片尾，Céline 对即将赶飞机的 Jesse 说：

> *"Baby, you are gonna miss...that...plane..."*
> *（亲爱的，你要错过……那班……飞机了）*
> *然后 Jesse 淡淡地说：I know...（我知道。）*

是的，如果有人愿意为你错过他的班机，他也是你的真爱。

Part III

作为单身人士，如何与这个世俗世界和平共处？

肠胃不好可以随身带着水杯，泡铁皮石斛喝。

此时此刻，真想一切戛然而止。

其实每次我们玩耍的地方都距离我女同事家近的要命，即使她比我man，我也要送她回家，始终坚信G蜜保护女人比男人保护女人好。

胃疼的时候手边又没药，就拿东西刮胳膊上的肘窝，出痧就能缓解胃疼。

不看那些生活的难处就不会知道自己还任性呀。

微信公众号“风流猪狗”的读者对以上弹幕有贡献
杨缓之、大风吹、Shawn、miracle 、浅浅

How to Get Along with Your Parents ?

59

一个人
如何与父母相处

每周大约有一两天会接到我爸在早上十点左右打来的电话。我们像英国人一样，每次都是以聊天气开始。

冬天会问冷吗？夏天会问热不热？接着问忙不忙，最后，定要嘱咐一番，不能晚睡，记得按时吃饭。我总是飞快地作答，既有不耐烦，又害怕中间出现冷场彼此会尴尬。

照理我与父母的关系在同辈人中算是亲密的，只是父亲的表达能力差一点，而且彼此的世界越来越疏离，他已经学会对我的生活不置可否，但胸中常常意难平，忍不住会向我妈吐槽，然

Alhambra de Granada */ Granada, Spain*

阿尔罕布拉宫内美妙的装饰。这些彩绘随着时间流逝，色彩已渐渐褪去，但如此繁复细致的装饰依然有着惊人的美

后由我妈转达给我。

而在我心中，父亲也不再是那个我出门要牵着手的男人，也不再把所有难题都扔给他，我甚至很少跟他交流我的困扰。另外，我也很难认同他对于养生的热衷。最近几年，似乎他所有的细致和心思都用在实践伟大的中医养生理论上，像是煮八宝粥一定要数清花生米的粒数，或者动辄就跟人讲痰气、血淤。

好在我跟我妈个性相近，永远有说不完的话。不过，作为一个表达能力很强的女人，她是家里的一个旗手，旗帜鲜明地反对我一个人的状态。另外，她也不能认同我穿各种黑色，对我家里全白的装修槽点满满。

有时父母在我们眼中几乎是奇葩一样的存在。曾经有一个信奉自由主义的朋友十分郑重地说：你们知道吗？我爹是个老干部。他当然不会跟他爹决裂，过年回家还得硬着头皮听几天他爹侃侃而谈各种理论。老爹生日，他还送了装满革命歌曲的放歌机，他爹自然很高兴，只是他把淘宝上那单交易删除了，因为每次看到，他都会觉得很尴尬。

我们在父母眼中应该也都不省心吧。要么不结婚，要么结了婚不要小孩。结婚生小孩是他们那一辈人的信仰，这两个愿望不被满足，他们的人生就会不完满——是的，我们不结婚或者不生小孩会妨碍我们父母的人生满意度。我们总是把时间和钱花在一些不上进的事情上，比如，“乱”买东西，有一些不着调的兴趣，或者人生态度就有问题——整个就是不上进，他们心中一直有一个别人家的孩子。

好在我们中的大多数都逃离了父母，我们工作在大城市，把父母留在了老家。代际冲突最厉害的时刻也就发生在一周的春节假期中，时间不长，我们还能彼此忍受一下。过年的氛围似乎也不至于清算两代人之间的问题，只是偶尔饭桌上酒后吐真言那个环节会令人十分尴尬。

是的，在与父母相处的过程中，尴尬成了一个重要的基调。照理是最亲密的人，却无法确知对方是怎么想的，他（她）为什么那么想。彼此都粗暴地坚信对方错了，却又懒得去了解错误的源头在哪里。

但我们彼此还是爱着对方吧，所以又常常不忍。

我妈十分担忧我一个人的状态。她无力改变，却又难以接受。我理解她的煎熬。我爸大概是比较努力地在维护我们之间的关系，所以，才隔三差五地打寒暄电话。相信他不会感受不到我的漫不经心。我有以上认知，但依旧我行我素，我得感谢父母对我任性的纵容，大概这个世界也只有他们会如此纵容我。

最近几年，大概是因为年龄的关系，周围不靠谱的朋友在父母这个问题上，都逐渐变得靠谱起来。他们开始带父母出去旅行，虽然一路槽点满满，但回来之后还是暗暗下决心，明年要再带他们出去。一些热衷买买买的朋友，在看到好东西时也开始想着：这个我妈没准喜欢，要带给她尝尝，或者我爸穿这个应该会很帅。

在世界观上，我们与父母或许已经是两个世界的人，但是，我们彼此还爱着对方，这种爱是独一无二的，我们因此能够在所有的坏状况之下达成谅解。

The Only Child without Peers

65

独身子女，在一个没有同辈血亲的世界存活下去

那天去看了《山河故人》，电影结尾，伴着 *Go West*，赵涛跳起了年轻时的迪厅舞。我顿时泪奔，散失在时间中的某些情感又被唤起。某种程度上，大概我们都是那位在悉尼穿着山西老头衫、喝着汾酒的张晋生。过去顽固存在着，它让我们变得心软。

贾樟柯是 70 后，应该算中国第一代的独生子女，大概也是开始拥有强烈自我意识、接受多元化价值观的一代中国人。而 80 年代出生的那一批，是严格计划生育的产物，我们中的大多数人是家里唯一的孩子，为此我们像“垮掉的一代”一样被父辈讨论，被安上“小皇帝”的名头，这一代人现在多数已经有了

自己的后代，开始含辛茹苦的父母生涯，而其中的少数未婚者，则真正成为“一个人”，在一个没有同辈血亲的世界存活下去。

80 年代出生的人分两拨：一拨赶上了野放的末班车，他们通常还有乡村记忆，还有打架摸鱼；另一拨开始被驯化，三好学生，重点中学，重点大学，或者出国留学。

印象中的童年是漫长的一个人。

放暑假的时候，陪伴我的总是电视机，每天都开到发烫，又怕父母回来被骂，总是用电风扇去吹它，但好像也不怎么管用。

过年总是一家三口，跟平时唯一的差别就是菜会多一点，零食吃到嘴里犯酸。所以，对于过年的感受向来不怎么深。有一次，应该是我工作两三年后，我爸望着窗外的烟火，自语道：“我们家就是少一个放烟花的男孩子。”不知道是遗憾没有儿子还是催我找男朋友，反正我也没有接话。

虽然作为独生子女，一直是一个人，但孤独这种感觉从来没有存在过，我总是有一个人玩的方法，无论是自己画小人编故事，还是把家里所有的花露水瓶和各种长颈的化妆品瓶子扎上丝巾缎带用来演话剧，或者披上浴巾演一个人的戏剧，我可以虚拟出丫鬟、随从、老妈子、男主角。

虽然独自长大，但是从未觉得这是一种缺憾，毕竟我们不可能

Casa Batlló

/ Barcelona, Spain

巴塞罗那的巴特罗之家的楼顶。我站在上面看了很久，先是想着住在这里的人的感受，接着就被隔壁屋顶天台上的一对夫妇吸引——那是一个亚洲脸男人和他的白人妻子，男人的衬衫扎在裤腰里，感觉像是普华永道的会计师之类的

对自己从来没有过的东西心生遗憾吧。倒是我妈，经常絮叨严格的计划生育政策下打掉的一个小孩，那个孩子应该比我小三岁，要是留下来，都该是谁谁那么大了。那个小孩仿佛一直存在，隔几年就长大一点，如果留下来，该考大学了吧。如果留下来，该谈女朋友了吧。如果留下来，该结婚生小孩了吧。这个不存在的孩子的虚拟人生一直在继续，而我的人生长期停滞不前，令父母十分担心。我妈说，感觉是个男孩，你要有个弟弟，将来还能相互照应。

小时候，我常常不以为然，觉得假如有另外一个小孩存在，那就会抢走我的独一份的爱，这也是小孩普遍的想法。但是，现在我倒是希望有一个父母之外的同辈血亲。当然，这也是一种成年人的一厢情愿——没有的，总是会想象得比较符合自己的心愿。

我常常看父母的兄弟姐妹之间的各种关系，都是有好有坏，坏起来彼此不理睬，好起来想起当初的坏又后悔得泪眼婆娑，好像家庭内部的所有关系都是既复杂又隐晦，容不得细究，是本糊涂账。兄弟姐妹之间的关系大概是夫妇关系的某种升级版，既疏离又密切，还是易变的多角关系。

一切人类关系总是不可解。但是，最近几年，作为未婚独生子女，我倒是有一个私心，如果家里有已婚的兄弟姐妹，可以将父母对我的焦虑减轻一些，至少他们还有一个孙辈可以供他们转移情感。一旦涉及单身状态，基本“父母皆祸害”，但是，对于在这个世界上唯一无条件为你付出一切的人，即便反抗起来，亦是有不忍的。

有时我也会可怜我的父母，这批 50 年代生的人，年轻的时候家中兄弟姊妹多，整体环境不好，没有好好享受过青春，中年又遭遇中国社会的各种变革，硬着头皮应付新时代，他们没有很多机会让自己变得“自我”，更难以接受多元，只得把人生的寄托放在下一代身上，而且这个下一代还只有唯一的一个。假设这个世界上没有这唯一的一个，他们该怎么办？这是他们想都不敢想的问题。

所以，独生子女背负着上一代的爱，上一代的传统价值，来面对这个多元的世界。你可以是同性恋，你可以是不婚主义者，你可以是丁克，但同时，你也是你父母唯一的孩子，所以，有时事情会变得格外纠结。逼迫你就范的并不是那些奸邪的坏人，而是与你最亲近，同时也是最爱你的人。

人类的关系大概就是这么爱恨交织吧。

Chinese New Year is not a Vacation to Me.

71

想放假，不想过年

三十年前那些逗乐我们的相声段子已经不再好笑；除了在微博上被吐槽，春节联欢晚会已经乏善可陈；大鱼大肉、糖果零食都不太符合现在的健康标准；大扫除是没必要的，日常清洁已经让家里足够干净……过年可以做的那些事情都在逐渐失去意义。

而过年必须做的那些事又令人烦恼。每年几十亿人口的大腾挪成为一个基本无解的社会问题。年货送来送去，领导、朋友、长辈，打点各方关系，联络多方感情，过年比上班还累。年前的突击加班常常让人对假期产生幻灭感；焦头烂额地忙完所有的工作，难道就为了过年那几天吃得脑满肠肥，对着电视发呆吗？春节回老家，回去的又是怎样的一个世界？充满了“寒暄”，总是话不投机，有些你怜悯的可怜人，而你帮不了他们；有些势利心狠的人，你厌恶又不免有些交道。

我们会在某一瞬间怀念四世同堂的时代，全家欢天喜地过春节。但在理智层面，我们都明白，那不过是一个幻觉而已。家庭人口越多，关系就越复杂，大家庭内部从不缺勾心斗角，也像一个小江湖。

父母与孩子照例是最亲密的亲人，却有着最无法沟通的价值观，他们都被这个时代的功利主义牵动着，无法自省，也无法以恰当的方式爱人。父母依然还在付出，但是付出得越多，希望在儿女身上得到的回报就越多——不是希望儿女返还自己什么，只是希望在儿女身上兑现自己无法取得的现世成功。

但并不是人人都能拥有现世的成功，大多数人得依靠某种“成功”的幻觉。在北上广深，你可以看伍迪·艾伦的电影，用海淘购买一千美元的鞋子，然后假装生活在纽约。单身无孩，月月月光，除了生病时偶尔会觉得有点寂寞，总体依然觉得自己的人生很牛，觉得自己是超越了琐碎生活的那群幸运儿。因为你就是在琐碎中长大的，上有老下有小，空间局促，没有隐私；从物质匮乏时期过来的父母，小心地计算着每月的开支，为节省了十块钱而雀跃不已。熟人社会有各种人情世故，斤斤计较，你是如此厌恶，大学毕业后便义无反顾地逃往大城市，以为远离了是非与琐碎。但是年龄渐长，你会发现，自己还是难以逃脱被那些在你看来井底之蛙的眼界评判。春节其实是一个“成功人士表彰大会”，中国式幸福是如此单一而残酷，就是有票子有房子有车子有儿子。

在家乡不要试图去推销那套雅痞的观念，喝什么红酒、穿什么质地的套头衫。在强大的现实主义逻辑之中，你就是一个不会过日子的废柴。由品位构成的大城市优越感可以瞬间被洞穿：言必称纽约，却一次没有去过纽约，钱其实只够去趟泰国；每个月仍在还十五万的奔驰 smart 车贷；过完年，房东就要涨房租，心里一直在挣扎要不要搬离电梯公寓；年终奖很少，过年这一趟回家就全花光了；信用卡已经有了三笔分期，难道还要继续第四笔分期付款吗？在家乡湿冷的冬天，凹造型穿着单薄的羊绒大衣冻得瑟瑟发抖，然后，那个微胖的妈递给你一件羽绒服，你挣扎了一下，还是穿上了。

你会发现，跑了很久，以为自己已经远离了你所否定和逃离的一切现实，但是，回家过年，一切又都被打回原形。只是温暖和安全感是很受用的，虽然它们总是与现实的无聊、琐碎一起出现。

Portland / U.S.A.

波特兰的街景

Toledo / *Spain*

西班牙古城托莱多的古城墙和街巷

I Quit Today.

77

今天我辞职

终于辞了职。然后转念一想：似乎还没有 fuck you money。fuck you money 这个梗来自刘玉玲——对，就是那个吊眼梢华裔女星——她说她工作之后就一直拼命攒钱，这样如果某天不想干了，就可以直接 fuck you，然后走人。那笔攒下的钱可以为那句 fuck you 买单。没了工作，有笔钱好歹不会饿死，不会露宿街头。

但是，从第一份工作开始，我就没有想过存 fuck you money。

Barcelona */ Spain*

1.巴塞罗那的博盖利亚市场　**2.**巴塞罗纳街边的小店，从上世纪二三十年代经营至今。秋天用栗子装饰的橱窗　**3.** / **4.**巴塞罗那的圣家堂

1	2
3	4

①

2006 年，我开始工作的时候，大概是纸媒黄金时代的一个尾音。从上大学开始就买《书城》杂志，就是那位写新年献词、现已深陷囹圄的青年才俊办的。那本杂志几乎塑造了我大学时代的世界观，从第一期到最后一期，到现在都还整齐有序地收藏着。

《书城》上有位在波士顿的专栏作者我很喜欢，她叫翟頔。一直关注她漫不经心写的博客。有一天，看到她说马上要回到成都办一份杂志，正在招兵买马，然后就投了简历。没有面试，就直接拿着行李来到了成都，在这个陌生的城市我只认识一个上一届的师姐。到的第一天晚上，闻着满街花椒味，我哭了……这真是一个我很不熟的城市。

后来问翟頔，你为什么要我啊。她说，因为你说你长得像女版村上春树。其实纯粹是自己胡诌，主编大人应该被我大无畏的自黑精神感动了吧……

有一次遇到田沁鑫的一个助手，他说他当年也因为喜欢《书城》上的专栏，给翟頔投过简历，但是她没要。其实只是翟頔后来觉得把人大老远地招来，也不知道对方能不能适应，有点不负责任啊。(当时我好想摇着她的胳膊，眼里含着眼泪说：那你当初就这么不负责任的把我招来了啊……)

所以说，一切都是机缘。对了，前老板一直是我的不靠谱好友。

②

第二份工作来到《新周刊》。

当时杂志内部就流传着一种说法：我是被小肥从花名册上捡来的。

花名册是个什么东西呢？就是一个当年在媒体圈有点红的 SNS 网站，创始人是王一鹏。当时媒体人都在花名册上找作者，找摄影，吵架，显摆，或者爆八卦。有一次看到《新周刊》一个叫 Kingkingkang 的帅哥在招聘，要找一个城市版的记者。然后我就一往无前地应聘了。但是石沉大海了很久。这位 Kingkingkang 帅哥（也就是小肥）后来答复我说，他们去旅游了……然后让我去广州应聘。

我买了张机票就来到了广州，之前也是一次都没有来过这个城市。查了一下办公室地址是黄埔大道西，Kingkingkang 帅哥在电话里说，旁边有一个医院，你从一个玻璃房子里进来就是。我穿过玻璃房子，上了三楼，然后又进了一个玻璃房子，被盘问了一刻钟，就回成都辞职打包行李了。

又是一个一无所知的城市。我自己带走了一个行李箱的东西，包括一套碗碟、一个枕头以及一周的换洗衣服。剩下的打包好，拜托成都同事彭彭和小猪帮我寄到了广州。

那还是 MSN 的时代。就在我临出发前，在《城市画报》编辑桂梅（现在早就升职啦）的签名上看到“有房出租”的信息，她说朋友有套在广利路的房正在求租。彼此都觉得太巧了。十分感谢桂梅姐姐，第一天落地广州就住到了新租的房子。

后来才知道屋主是摄影师颜长江，房子属于《羊城晚报》的宿舍，摄影师安哥也住在同一小区，对门住着《可乐》杂志的一个总编。房子在八楼，每次爬上去我都喘得像条沙皮狗一样。来广州的第一个礼拜，我妈一天三次电话，我爸怕我钱不够，默默往我卡里打钱。

在这里住了一段时间之后，我搬到了同小区另外一套房子，后来这套房子租给了一个叫严晓霖的姑娘，在《MANGAZINE 名牌》杂志当编辑。好像不久之后，她也离开了广州。想来，广州传媒大致在 2008 年之后就加速衰落了。

③

在 2008 年左右，我们不会觉得某天也会像打字员那样，面对一个人人都会敲键盘的时代。但微信时代到来后，整个行业便风声鹤唳了。纸媒的倒掉不仅仅是杂志和报纸停刊。还是那句老话：人心都散了。

大家都像上了一条沉船，有人想方设法跳上了小舢板逃命，有人等着驶过的大船捞人，有人想着拆几条船板造一艘小艇逃命，剩下的人则

Sevilla / *Spain*

1.塞维利亚最古老的菜市场　**2.**塞维利亚王宫的一棵盆栽　**3.**塞维利亚大教堂，超高的塔楼，爬得我气喘吁吁

1	2
3	

在等死——外面的风浪太大，好歹这艘船一时也沉不了。

所有人都一致认为：纸媒必死无疑。但十年之后的死是一种死，十个月之后的死也是一种死。只是在中国的媒体环境中，所有人都觉得纸媒应该是速死。

我只是这个行业的一个普通从业者，一直很满足地做着爱做的事情。平心而论，即便是现在，我依然觉得这个行业是有趣的，能够让自己不断丰富。但是，在一片等死的氛围中，继续留守又有什么意思呢？

不过现在离开有点尴尬，就像参加派对，当了一半不提前离场的老好人，等别人走差不多了又突然走掉，显得突兀地不配合，又唯唯诺诺，毫无吃螃蟹人的英雄气概——那些早走的人早就有一番新天地了。但我想：我的人生该是有自己的节奏吧。不风光、不成功，但自足。

去创业的前同事，选在马云去纽约敲钟的那一天辞职。而我选在 11 月 11 日。一个没有特殊意义，但是不太容易忘记的日子。当然，我今天不会剁手网购了，只做一件事，要把所有的快递地址都改掉，那个地址已经用了六年：广州市天河区黄埔大道西 41 号瑞达大厦 3 楼 《新周刊》杂志社。

Street of Madrid / *Madrid, Spain*

傍晚，在马德里街头，扭头看到下山的太阳照到街区的一栋建筑上

Jobless Days

87
失业的日子

通常辞职的一瞬是很爽的，好像命运必然能够垂青于你，有一种机会无限的乐观，但很快你就会开始面对现实：下一份工作好像也不怎么样嘛，然后经历一段 loser 感的失落，最后，你或许得面对现实——不如把自己贱价卖了吧。

但我目前幸运地停留在了人间自有真情在的阶段，连端着小纸盒收拾东西这一环节都还算好过——有热心同事表示愿意帮我搬运包括一年 *MONOCLE* 在内的所有杂志和书（大概有半个黄鱼车的量）。目前跟人吃饭基本都不用花钱了，朋友们都怜悯我这个没有 fuck you money 的失业者，家属库索老师连买凉茶都不要我付钱，并表示在我失业之后她还可以包我 8 顿饭。她和星座运程发布人青春姐达成的共识是：我接下来饿死的可能性很大……从来不借钱给人的好基友表示愿意提供经济援助，但雷同于马歇尔计划，他觉得我应该去整个容，弄成锥子脸、大眼角、木瓜胸，嫁个快死的有钱老头，继承他的财产，然后开始新的人生！（要不要搞得这么咸鱼翻身啊！）小肥建议我先去学个车，这样就可以雇我接送他上下班，另外还可以去他家当保姆，照顾他们家女神。后来这个想法被他自己否决——因为虽然我的整洁度让他很放心，但缺乏育儿经验这个软肋是他无法接受的。

也有像猪姑妈这种替我操心未来卖价的，这个数可以了（她用留着长指甲的小手比划着），不要太高，太高了人家老板一下子接受不了的。嗯，猪肉老鸨即视感啊。王女士炒了一盘王氏大排档镬气风格乌冬，看我狼吞虎咽地吃下，语重心长地说，你应该去法国蓝带——不是蓝翔技校，更不是新东方厨艺学校——学个烘焙。

最后文律师拉着我的手，感慨道：“你一辞职，就成了我们所有人的孩子，现在我们把所有没有实现的愿望都寄托在了你的身上。”

（文中提及的库索老师、青春姐、好基友、小肥、猪姑妈、王女士、文律师都是我的损友兼前同事，他们真实存在，曾经毒舌相向，如今各奔东西。）

My Home *Guangzhou, China*

冬天，开暖炉的客厅一角。我的家基本都是白色的

Moving Across Cities

91

买房、装修，以及跨城市搬家的艰辛

终于又要换一座城市生活了。我对自己说，嗯，没有男人可换，就换城市好了。但是，换城市的麻烦与折腾大概只有搬过家的人明了。

一度难以离开广州的原因是，我终于可以在这座城市住自己的房子了。出租屋有多么糟糕，你得花多大成本才能住得像个人样，相信大家都有体验。当然，买房子更不容易，毕竟没有炒房团的财力。我曾经花了一年多时间来看房，价格、地段、房型、阳台、通风、采光都得综合考虑，眼看着广州房价蹭蹭地上涨，最后硬下头皮选定一处，签合同的时候手心冒汗，仿佛这一生都赌进去了。特别是看着银行卡上的数字归零，真是有一种虚空的眩晕感。

开始装修。跑建材市场，逛淘宝，找代购，找装修工头，研究了电位、防水、管线铺排、刷墙扇灰、地漏安装，知道让装修小哥用心干活的最好办法就是监工时给他们带上几罐啤酒，偶尔帮他们叫麦当劳外卖。

一个人跑东跑西忙装修的时候，常常想要是能分出另一个我就好了。特别是有些地方买家具要自提，一个人扛一个台面之类的事情真是要把老腰拗断。

有一次，在百安居办送货手续，看着周围等待的人群基本都是夫妇或者是男人，我是唯一一个单独的女性，顿时有几分独立自主的安慰（独立自主感是一个人的最大动力）。看看周围这些疲惫的男女，一个个灰头土脸，还在各种争执吵架，各种搞不清楚状况——如果另外一个人都不能给你加分，那你要他做什么？

我十分热爱买东西，但是装修期间买东西真是买到想吐了。在中国，当一个消费者需要有很强的钻研精神。通晓多个领域，掌握各种知识。买冰箱你得研究电机；买家具你得研究各种木材的性能、三合板的产地；即便选一个灯泡都得去研究一下频闪的问题。当然，随便买一个也可以，但是，你肯定会因此而不舒服。

最后住进去了，又担心甲醛的问题。虽然已经最大程度规避了污染源，橱柜选了实木的，床选了铁架子的，地板选了瑞典进口的，家具基本都是木头的，最大程度避免了三聚氰胺板。要在一定预算内，做到安全无污染，真是一件伤脑筋的事情，得用知识和消费经验不断否定和重构原先的计划。

就这样，经过一轮费神费力的折腾，在这个房子里住了不到三年，又要换城市搬家。那天，在下一站居住地——深圳找完房子回到广州，深夜十一点的火车上人烟稀少，我刷了一下深圳的房价，心里倒抽了一口凉气：要在这个城市买个看得上眼的房子，大概得身背巨债了……

想想迄今为止的人生，一直在移动，总是不确定；一直在折腾，总是不满足。嗯，人生就是一场漫长的水逆啊……

很多人都说年纪越大就越动不了。以前我颇有点不以为然，这一次我深深体会到了这种不易。迁居，意味着一切生活细节的重建。年纪渐长，生活细节越来越丰富，那种绵密程度令任何一个改变都成为 种冲击。新居洗手台的高度、置物空间的变化、空间的气味，那些微妙的不同时刻都在提醒你做出身体和精神的调整。所以，一开始的 disorder 是漫长而痛苦的，而我正在经历这一切。

（大半年后，我又回到了广州我的蜗居。）

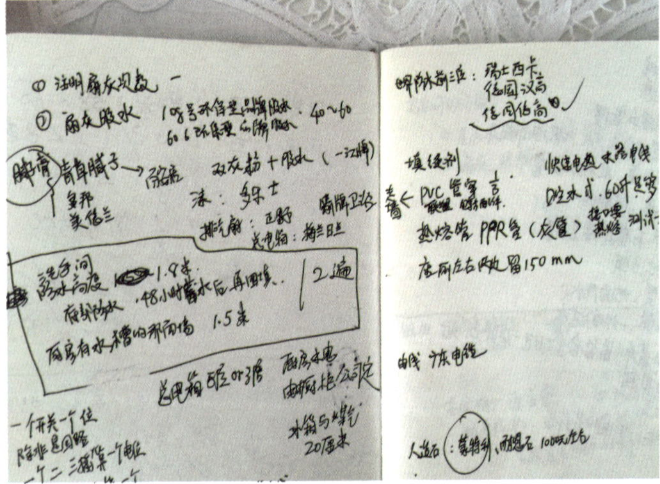

My Home / *Guangzhou, China*

1.某个悠闲的周末下午，把杂物摊了一桌。烟只是偶尔抽一下 **2.**我是一个人完成看房、买房、装修的所有杂事。这是装修时做的各种功课

1
2

My Home / *Guangzhou, China*

这张照片拍摄于我短暂离开广州去深圳工作的前一个晚上。不能住亲手装修起来的小屋，又要重回租房的生活，让我有点百感交集

Part IV

就是劝劝你，
嫁不出
也没什么大不了。

原来单身女性最有共识解决的现实问题就是：房贷，重疾。

人本质上都是孤独的，故以爱之名相互取暖。

每隔一段时间，在孤独的时候都会看“一个人”系列。
那时候就觉得，爱情算个什么，我可是拥有完整的自己。

没有人会喜欢孤独，只是不喜欢失望罢了。

对一个人和一段关系的臆想，老是想着要长久安稳，因为这是容易的事情。离开不对的人，一个人过好生活，一个人面对世界，这是需要勇气和清醒的自觉的。不能骗自己偷懒。

微信公众号“风流猪狗”的读者对以上弹幕有贡献
谷雨、Ⓣ、Christopher、zlq、Gloria Jiang

Those
Poorly Rich Girls

那些内心贫穷的物质女孩

曾经听一个挺能干漂亮的姑娘说，我就是要买那些别人买不起的东西。换作几年前，我该会错愕吧。但现在我会觉得这姑娘好直率，这个物质世界总是有物质女孩存在的空间。只是好奇这样的姑娘在成长过程中是受了多人委屈，才让她在有能力的时候需要这样的找补。

这个世界其实是挺残酷的。普通人家的女孩，哪有那么多的品牌可以晒，哪有那么多盛宴可以赴，但她们被灌输的价值观却又是那么粗糙单一，就是又白又富又美。所谓白富美就是在游泳池边戴上 Prada 眼镜玩自拍，就是在 KTV 里把喝掉的 XO

瓶子码成小山，就是要把名牌袋子露出 LOGO 拍个遍。而很多姑娘依然活在中学时代，憋着一口气就想在风光这一点上赢过所有人。

漂亮可以走捷径，但其实这个世界是没有多少捷径可走的。

很多年前，去采访一个选美比赛，看着十七八岁的女孩们穿着比基尼化着浓妆，在游泳池一遍又一遍的暴晒拍照。结束后，还要应酬主办方、媒体、摄影师、化妆师，那些漂亮姑娘有着超乎她们年龄的乖巧和忍耐力，却又让人觉得她们的父母很残酷，让她们这么年轻——或许什么都没有准备好——就出来跑码头见识这个世界，还有那些猥琐的男人。

太年轻就见惯丑恶应该不是什么好事。所以，我一直总是对像范小姐、章小姐这样的人生比较好奇，那一张张明艳脸孔背后是有多少沧桑。

其实大多数人应该没能在险峻的攀爬路上走好。常常能在酒店的洗手间遇到那些自拍的姑娘，她们无一例外的长发、长腿，背着 LOGO 明显的包。除了男人，靠这张脸，她们大概还可以当个网红吧，也可以保证她们过上朋友圈羡慕的那种生活。但她们大概内心一直会有贫穷感，一直需要向这个世界证明自己的丰裕。

几年前的《成长教育》是非常打动我的一部电影，又补看过原作者 Lynn Barber 在《卫报》上的一个自述，标题是：我在爱与生活中的严酷教训。大致每一个女人在成长过程中都会被一些玫瑰色的人或者事吸引，不管是巴黎的花神咖啡馆、Céline包，还是某一个看起来充满魅力的大叔。当她们第一次探头进入这个世界的时候，这些都代表一个更好的陌生世界，是与妈妈的絮叨，自己狭小的卧室，肥胖懦弱的老爹不同的世界。

女孩从狭小的原生家庭走出来，去看更大的世界，往往是通过一些人（比如学校的老师），通过一份工作，通过她们的同学、朋友，还有通过她们爱上的人。在很年轻的时候，那些野心勃勃的女孩常常会爱上那些看起来非常优质的男人，但本质上，吸引她们的其实不是那个男人，而是那个男人所代表的那个陌生世界。当你超越一个男人和他的世界时，你就不爱了。这大概就是女孩最大的成长教育。

只是很多女孩都很难完成这样的心理上的跨越。她们需要非常努力，也需要一些个性和天赋，才能超越她们之前十分仰慕的那个世界。她们中大部分都成了 XXX 的女人，或是成为看起来很浮华的世界的装饰品，一个随时可以被替换的装饰品。

在一个男权的世界，男人掌握了很多资源和主动权在此搏杀，年轻漂亮的女人好像有一些便利，但也需要十分小心，容易的事情通常都不会太好。在两性的征战中，女孩需要在心中留下一块谁都无法征服的土地，唯有如此，才可内心充盈着安定感，然后生生不息朝前走。

Portland / *U.S.A.*

1.波特兰的街心花园　**2.**波特兰的热巧克力　**3.**波特兰的樱花，我想假设让我选一个安居地，波特兰应该算一个

1	3
2	

How about Plastic Surgery?

105

要不要去整个容

我六岁的时候，我妈就跟我说，等你到了十八岁，就带你去割双眼皮。大概那时候我妈电影看多了，迷恋那种北方洋气美，身材高挑，乌发白肤深目大眼，笑起来一口整齐的白牙，所谓明眸皓齿。不太记得我当时的心理感受，大约只是期盼那个十八岁的到来，不是为了双眼皮，而是期盼长大成人，不让别人再来管我。

后来，随着升学压力的加大，我妈对于我学业的重视显然胜过外貌，割双眼皮这件事情就没再提。所以，迄今我都是单眼皮。

成年后，我也没有去割双眼皮，因为我觉得单眼皮挺好的，这完全不是出于自恋，而是出于对某一类女性的欣赏。一直觉得美剧中留着齐耳黑发的丹凤眼亚裔的女性角色都非常有魅力，通常她们的角色设定都是独立、理智、有头脑，还不乏幽默感。

不割双眼皮并不意味着我不想整容，但整容有点类似于一夜暴富的奇幻故事——躺进手术室，出来就变成大美女——似乎更适合写复仇小说。

一旦纳入现实判断和预估，整容就无法付诸行动了，整容一般需要一段空闲时间，准备好一笔闲钱，还有某种触发的动机。比如，深深觉得“换一张脸”能让我的人生状态有一个质的飞跃。不然，忍受术后疼痛，付出一大笔钱，还要面对一段漫长的恢复期，这又是何苦呢？本来就不是靠脸吃饭的。

于是便心安理得地挂着一张自然脸存活于世。想来能对自己的脸动刀也是强烈进取心的一种，定要一刀下去改变命运。关于“改命”，倒是很久以前采访过一位上海老名媛，她说，年轻的时候有一年算命，对方跟她说某年有血光之灾，然后妈妈就带她去开了双眼皮。后来那一年果然平安度过。那是上海五十年代的时候，她说那时候医院里躺满朝鲜战场上下来的伤病号。这样的整容气氛想来真是有几分怪异。

最近几年，听到身边各种整脸的事情越来越多，打针就像上美容院一样了，大概也是人口老龄化的一种征兆。多年来认识一班奇葩朋友，虽然见面也会讨论严肃的社会问题、人生困境等等，但最大的乐趣还是彼此刻薄，其中一个主要内容就是指出对方脸上的各种缺陷，脸塌啦、鼻子歪的，或者额头像梯田，然后撺掇对方去整个容。

打针不似整容，伤口不过一个针眼，疼痛的阴影面积就小一点，执行难度应该也要小一些。但打针这样的微整形的确需要一个团伙，彼此跃跃欲试的时候，相互鼓励着就完成了注射，而且哪家医院哪个医生好，前期信息收集，互通有无都是必须的，最后，再相互称赞一下，也能强化一下花钱的效果。所以，朋友们去医院“去痣”都是相约同行，听着彼此的惨叫，似乎也是一种壮胆。而且在一个星期不能洗脸、人人嫌弃的日子里，还可以煲电话粥交流恢复进展。

某天，我也许会和“整容怂恿团朋友”一起去打玻尿酸之类的；再老一点，等整容技术再进步一些，拉皮不再像戴了塑料面具，我也会去拉一下皮。不是为了取悦谁，就像每天要化妆，选择合适的衣服、配饰，须得把自己弄妥当了再出门，不时拾掇一下自己的脸，只是让自己看起来比较精神。如果打一针至少能够让你每天出门前的化妆时间缩短一些，那也是挺好的。

有人说，凭什么要求女人在外表上必须收拾，却没有人要求凸肚男人减肥呢？可是，女人为什么要跟那么差的对照组作类比呢？还有整容、打扮就是满足所谓男性社会的要求之类的观点，其实也未必吧，重点是你的外在从来都是你自己主导的，前提

Casa Batlló / *Barcelona, Spain*

巴塞罗那的巴特罗之家有个缝纫间，是仆人织补熨烫衣服的地方。作为一个白色亚麻控，我顿时迷上了这个房间，想象着某个下午，睡思昏沉，这个屋子散发着蒸汽、新洗衣物的气味，浆洗妥帖的白床单叠得整整齐齐码在一边。这才是岁月静好嘛

都是你有自己的审美主见。不过，这个世界太多肤浅、从众、缺乏判断力的审美，不管是屈从于所谓男权审美，还是那些高举女权大旗的。

从个人审美的角度，我不会去隆胸，只是因为我不喜欢大胸。有些女性觉得胸前挂两个篮球能让自我感觉良好，且排除了医学风险，也不妨试一下。

整容美学的确有其肤浅之处，毕竟作为一个量产流水线美学，你让它有独特审美也是困难的。最近几年，锥子脸大热，几乎成为一种肤浅的象征了。通常跟嫩模、干爹、外围联系在一起，充分显示了一个暴发国家的粗鄙审美。

一个热衷锥子脸的女孩也会给人一种印象：一种没有判断力的人生，妄图通过跟风成为人生赢家。人生赢家是什么呢？无外乎嫁个或真或假的富中年或者富二代，在摆着广东乡镇出品的罗浮宫家具的客厅玩自拍。

目前的整容都集中在脸上，而忽略了一个重要部位——膝盖。印象中，经常上市敲钟的赵姓女星就有一对“老膝盖”，她本来就是粗腿浑圆膝盖，年纪一上去，膝盖就成了皱起来的两坨肉，为了让腿显长一点，还经常穿膝盖以上的裙子，那对衰老的膝盖还真是暴露了她的沧桑。

Happily Single
V.S.
Miserably Married

111

好姑娘，嫁不出去就别嫁了

连林志玲都没有找到 Mr. Right，所以，你就不必再反省自己的各种缺陷了，比你缺陷大的人都结婚了，而她们也只是结婚了而已，舒不舒服、幸不幸福大概只有他们自己才知道。找个人搭伴过日子走完剩下的人生，肯定是有现实合理性的，但是为了一种惯例而委屈自己实在没有必要。人生只有一次，这一条路走不通，就换一条走走看嘛。找不到合适的结婚，就不要结了。当然，有可能你因此无法成为母亲——人生总是有遗憾，但是，没有任何遗憾是可以否定你整个人生的。

好吧，今天薇薇恩小姐坐下来，像个人生导师一样（天哪，我可最讨厌这个角色）正儿八经地讲一番道理，其实也是讲给自己听的。七大姑八大姨跟你已经完全在两个平行世界了，当他们聒噪的时候，你就保持沉默吧。跟他们说“单身是一种权利”是徒劳的。每一个人都有受限的世界观，包括我们自己在内，所以，不生气，保持缄默，尽量少见面。

再月光，手头还是得留点钱，万一得病住院，身边没有人陪护，有钱能请个好点的护工。好服务是需要钱购买的，否则只能碰运气了，生病无助一个人躺在床上时是最脆弱的，熬过这一关基本能够独自对抗一个人的所有困难。

尽量让自己力气大一点，尽量让自己学会多种技能，换灯泡、修保险丝、修水龙头这些如果能够自己解决，日常生活基本也不再需要男人帮忙了。养成用 Google 的习惯，网上有各种解决问题的方法，实在不行，上知乎去问，一定会有各路大神相助。我想说的是，一定要有独立解决问题的决心，遇到问题首先不是自怨自艾，而是努力寻找解决问题的方法。

要有安全防范意识。说到这个就想起在阳台上挂男士内裤的梗了。这个世界就是这么恃强凌弱，男女平权最后落到体力较量上还是令人沮丧。所以，准备一些防护用具还是很重要的，比如防狼喷雾。薇薇恩小姐曾经为了验证某款防狼喷雾的有效性身先士卒地尝试了一番，果然厉害！基本能让人痛哭流涕啊！另外，还买过一种楔形警报器，卡在门下，一旦门被强行打开，就会铃声大作——吓跑小偷该是够用的。危险一旦来临，状况都是未知的。我想强调的是一种防范意识，不怕一万，就怕万一。

不要让自己寂寞。你可以一个人，但是千万别成为整天无所事事，没完没了找人陪伴的废物。有爱好有工作有闺蜜这基本就可以组成最佳的一个人状态。学会独处是很重要的，我们的父辈为什么在退休之后变得那么荒唐，整天不是跳广场舞就是被传销骗，就是他们从来没有独处的能力，也没有与之相伴生的独立思考的能力。

要慎独。比起那些结了婚被孩子整崩溃的同龄人，单身的你是不是更有理由比她们过得有质量，也有更充足的时间让自己变得完善呢？一个人过千万不能将就，什么随便吃个面，把房间弄得像猪窝……多年之后，你只会发现一个潦草的自己，除了变老，没有一点长进。

保持好奇心。这好像跟一个人生活没多大关联，但是，好奇心是年轻之源，可以让一个人变得更好。那些“人生就这样吧”的想法真是直接可以把人送进坟墓了。多旅行，多跟不同的人聊，多做一些自己没有做过的事情，如此，你才会发现人生没有那么多局限。

103store */ Guangzhou, China*

1.烤鹌鹑，放了朋友树小姐从马耳他带回来的香料，香料加分 **2.**改良版的马赛鱼汤，我不太喜欢把土豆弄碎了煮

1
2

Bergdorf Goodman / *New York, U.S.A.*

1. / **2.**纽约**Bergdorf Goodman**的家居部，好物的意思就是即便那不是你的趣味，但依然会觉得它好。我觉得国内的家居设计师应该在这里好好学习一下如何表现奢华　**3.**当你无法拥有的时候，你可以欣赏——我总是这么安慰自己的

1	2
3	

Men like Me

117

那些同样“嫁不出去”的男人

舒毛毛是薇薇恩小姐的一位好友，留日博士（肯定不是灭绝师奶），也是“一个人”状态。在告别单身的努力中，继承了天朝相亲的传统——至少内心不是特别抗拒通过相亲认识未来的另一半。回国一年有余，相亲让她见识了祖国一些特别的男子……舒毛毛比较温良恭俭让，她用田野调查的热情帮助我们了解了另外一个世界：那些同样“嫁不出去”的男人。

相亲男 A，代号：有钱

打黑叉叉的话包括：

“其实我也觉得你不怎么样。”（此男所指的“你”便是毛毛本人）

“生孩子呢，要生就生两个。”

此男常常迟到，理由荒诞。有一次约会郊区动物园。此男坚持下午出发，在约定的时间又久久不出现，电话之，他信誓旦旦表示马上就到。等了一个小时仍未出现。又说，去洗车了，你再等等。遂怒，你娶车去吧！

相亲男 B，代号：哈日

兴趣：木工。

介绍人曰：“此人跟你甚是合适，因为对方特别哈日，收集动漫小手帕哦。”（当下毛毛就有“岛国代表”的光环升起）

约见。毛毛第一眼望过去后，一直看着水杯作镇定状，听其娓娓道来一只小板凳的制作心得。然后，哈日突然掏出一小瓶自酿桑果酒，传销状非要毛毛喝。毛毛努力谢绝，差不多要给跪了，对方才作罢……

这位小哥，你还不算特别讨厌，但是在咖啡厅非得让第一次见面的妹子喝自酿的私酒，这……

相亲男 C，代号：妈宝

对方娘亲主动张罗，由共同亲戚介绍。这位操心的亲戚教育道：“老姑娘要主动！”毛毛表示已经很主动求加微信好友，对方不接受。亲戚追问，如实告之。传话至对方娘亲，遂得加，但加后无语。不久又被亲戚追问，再以实相告，亲戚表示：“老姑娘要主动，应主动搭话！”神烦！干脆主动约见。对方回应敷衍，起疑，遂查底，原来是其娘亲介入，想搞掉儿子的现任女友，而毛毛乃炮灰。

相亲男 D，代号：木鱼

长得帅，老好人样子。略惊喜，小追之。结果层层迷雾揭去，他原来是一个挣扎在出柜与不出柜之间的 gay。无法诚实面对自己取向不算，还来刻意扰乱相亲市场，真是应该拖出柜来扔鸡蛋。

相亲男 E，代号：白胖子

出手阔绰，吃小龙虾都能甩给撒娇老板娘好几百小费，略暴发感。号称一直都是被追的命，这回想试试自己追（当时毛毛的心中即奔涌着无数“……”）。后来未交往的原因是，有婚史且隐瞒子女所属情况，与前妻依然牵扯不清。相亲市场上各种隐瞒关键信息且试图蒙混过关的人士还是很多的。

相亲男 F，代号：副主任

此位乃两位女性好友一致推荐的居家旅行备用良品。

初时，这位男子不愿见面，只想网聊，终于赏脸见面，劈头盖脸第一句：“你为啥不做建筑设计？设计院买房不是都很便宜！为什么这个世界那么不公平，同一系统他们有房分配，你们则没有！”毛毛并非不会建筑设计，但做久了怕如绘图机器，改行研究历史才进了大学教书，自认追求还升级了。如是解释，对方还是觉得不能赚钱的母鸡不是好母鸡……后渐渐无语，末了还等女方埋单。

P.S. 舒毛毛在2016年找到了她的真命天子，恭喜她。

They are
All the Same.

121

又矮又胖的穷男人跟帅哥一样自私

还有一个月就要过年回家了，抱歉母上大人、父上大人，今年又是空手而归，没有男人可以带回家啊。

不过，我依然会昂着高贵的头颅回家的（虽然我好想出去玩啊，但是如果不回家，母上大人会跟我绝交的……），然后对母上大人、父上大人保证："明年，明年会有的！"

天哪，我的男人，你在哪里？再不出现，你将无法拥有我俩的孩子了，因为我的卵子越来越少了……尽管目前我对生孩子的兴致其实并不高。

其实，他们应该看到我的努力。比如，我研习了征婚信的写法（据说有助于提升在朋友圈征婚的能力），来自“这个时代的契诃夫”，2013年诺贝尔文学奖得主艾丽丝·门罗的《女孩和女人们的生活》。

小说中的征婚信全文如下：

> *亲爱的女士：*
> *我写这封信是因为在邮寄的报纸上读到了你的启事。*
> *我三十七岁，独自在弗莱兹路尾十五英亩土地上，房子很好，是石头地基的，就在树林边，冬天从来不缺木柴。还有一口六十英尺深的井和蓄水池。树林里有吃不完的浆果，河里有鱼，有办法避开兔子的话还可以种菜。*
> *我圈养了一只狐狸、一只雪貂和两只水貂，这里到处都有浣熊、松树和花栗鼠。欢迎你带孩子来。你还没说是男孩还是女孩。如果是男孩，我可以教他设陷阱和打猎。我为隔壁养狐人工作。他妻子是个有文化的人，你愿意的话可以去拜访她。希望尽快收到你的回复。*
>
> *你忠实的本杰明·托马斯·普尔*

这样一封征婚信实在而动人，这位普尔先生不介意对方有个娃，还愿意带娃打猎。相对于贵国那些年纪一把、嫖妓无数的男人只想娶个没有恋爱经历的女孩为妻真是可爱多了。而且，这位普尔先生虽然没有什么文化，但是并没有阻止自己的妻子去热爱文化，假设愿意，妻子还可以去找隔壁有文化的邻居聊聊文化。一个朴素劳工的朴素爱情观跃然纸上。征婚信就是应该这样写，将弱项用朴素的话语说出，并让人产生神往之情。

不过，本杰明·托马斯·普尔先生想娶一个什么样的女人呢？其实他也是经过充分思考的："问题是要娶个胖的好还是瘦的好啊？胖的一定会做饭，但是可能会吃得很多。不过特别瘦的也能吃的，很难说。有时候娶一个大块头的，她的脂肪多少能让她挺一段时间，那实际上是会节省不少花销的。牙口一定得好，不然就是掉光，镶了全套假牙。最好也割了阑尾和胆囊。"

听了本杰明·托马斯·普尔先生这番择偶言论，小说中那位有文化的养狐人的妻子忍不住吐了一个槽："你好像是在买奶牛。"

所以，征婚信写得很好的农夫，他朴素的择偶观也是经不起推敲的。

突然想起美剧《欲望都市》中米兰达女士在1998年说的那段振聋发聩的经验之谈：***我跟又矮又胖的穷男人约会过，他们都一样，他们跟帅哥一样自私。***

（本文写于2015年春节前夕）

My journey / *córdoba, Spain*

1	2	4	
3		5	6

1.科尔多瓦大清真寺的一部分是天主教堂　**2.**连接科尔多瓦新城与旧城的桥上的圣母雕像　**3.**科尔多瓦的蓝天　**4.** 科尔多瓦的典型庭院　**5.**科尔多瓦一家美术馆展示的科尔多瓦式的庭院，有橘树，有喷泉　**6.**科尔多瓦的民居

Part V

我是怎么一个人去看世界的。

唯一的一次自己旅行是在佛罗伦萨。没有做攻略，出了火车站后就跟着人群的方向走，然后在一个街头的转角位，庞大繁复的教堂陡然出现在眼前——那一刻感觉非常震撼。

去年夏天一个人去台湾玩了 15 天。在绿岛，凌晨自己一个人骑着自行车去看日出……这天看到的日出大概可以陪我度过好久的黑暗时间，虽然其实稀疏平常。

随着年龄的增长，越来越喜欢和自己相处，因为不用解释自己看到的，也不用寻求认同——已经不会任性给别人看，所以干脆只矫情给自己看。

一个人旅行，终于可以专注地面对自己了。明天旅行就要结束了，回程，带着满足和未知。未知是因为，我是辞职后出来旅行的。

微信公众号"风流猪狗"的读者对以上弹幕有贡献
白眼、鹤子、Tiffany CC、噼里啪啦

Travel Alone

129
没有一个人旅行
就不足以谈单身

> *“看来，你经历的只是记忆之旅！”*
> *“你去那么远的地方，只是为了摆脱怀旧的负担。”*
> *“你带了满船的悔恨回来。”*
> *——《看不见的城市》，卡尔维诺*

写这篇的时候，我在晕乎乎地倒时差。一个人在西班牙游逛半个多月，与现实世界的间离感越来越强烈，并再一次确认了自我的完整性，完整到我可以比较愉悦地独自存活于世界上的任何一个城市。

不知道从什么时候开始，我已经习惯了一个人出去旅行，就像习惯一个人逛街一样——可以与朋友吃饭，但是完全无法忍受与朋友一起逛街。大概我对于相互迁就的容忍度很低吧，又或者我对于合拍的期望值过高。

一个人旅行比较能顺应我自己的某种“痴呆”。看到好东西，常常入了神，又敏感于各种杂音，假设是一个不对的人在旁边絮絮叨叨那是很令人厌烦的。还有最重要的是：真正让你动心的事情某种程度上就是惊心动魄独自欣赏的，有些东西注定不可分享。

记得去年在比利时布鲁日的运河边独自散步时的场景：空气微凉，初升的太阳照在脸上，脚踩在松软的红泥上，树林的水汽混合植物的各色气味扑面而来，前方是自行车车辙的痕迹。自行开合的桥在轮船进来时那复杂的机械运动，我一个人呆呆地看了很久，觉得人类文明假设只是发展到工业革命阶段应该也是迷人的吧。以上场景大概很多人会觉得无聊，所以这就是问题所在。

又比如，在博物馆待上一天，很多人也会觉得难以忍受吧。但有些博物馆，比如乌菲齐，真的一天都不够。我曾经在佛罗伦萨待过两天，花了一整天在乌菲齐，感觉还是匆匆。如果要让另外一个旅伴迁就我的这种安排，我想我会很愧疚。

事实上，我无法将自己归入模糊的游客这个概念中，个体的差

Casa Milà */ Barcelona, Spain*

假设巴塞罗那没有高迪，应该会丧失大半的看点。在这个城市游逛，看到这些外星生物般的建筑时，会偶尔产生一些虚无感：前辈是否已经把人类的智慧和想象力全都呈现出来了，后辈已无机会超越

异如此巨大，以至于身处同一个环境中，因为知识背景等问题，人和人的进入视角都是完全不同的。

所以，我也不太理解攻略这个东西。我经常说我不做攻略的，我只在出发前，在本子上记下在每一个城市停留的时间节点。作为一个怕麻烦的人，我的所有预订从来都不打印，直接以星标邮件的方式保存下来。曾经看到还有人研究机场退税的路线图，我心想：不是应该直接跟着路标走么，找不到再问一下啊……其实重点不是攻略，而是你对什么感兴趣，所有兴趣的积累才最终构成你理解陌生世界的基础。

去西班牙的念头最早萌发于将近十年前的一本书《赭城》，田晓菲写的，我是先知道她的夫婿——汉学家宇文所安，再知道她的，后来对她的《秋水堂论金瓶梅》迷得不行。一直记得某个黄昏的下午，还在上学的我，对未来依然迷惘，但是，看《赭城》中写的科尔多瓦、格拉纳达、塞维利亚，以及洛尔伽的诗，模糊地觉得那便是自己要接近的东西。人生假设有金苹果的话，那个不清晰的幻影才真正令人心动。

田晓菲在书中有句话几乎奠定了我的旅行世界观："遗迹是一个悖论：它是所爱的人曾经在场的见证，然而却又指向永远的缺席。在这些支离破碎的遗迹中，我们追寻某种东西：所爱的人，一个缥缈的影子，神明。我们用想象重新构筑那曾经圆满的存在；我们最后发现的，却常常是自己的面容。"

是的，独自旅行就是自我发现，有时发现的是并不圆满的自我。

作为懒惰的人类，我们常常在熟悉的环境中放任自流，而人长到一定程度，就是行为习惯在起作用。你失忆了没问题，你的身体会帮助你恢复记忆，习惯的强大惯性往往连你的大脑都无法预料。

作为一个散漫的人，我常常会承受一些错过的后果，但每次我都安慰自己，错过了一个又怎样，你永远不知道下一秒会遇到什么。但一个人旅行的确需要相当的自律性。这次在格拉纳达，我就因为太过随意而度过了一个糟糕的上午。先是错过上午的火车，然后下午的火车停运，中途改坐大巴，最终没赶上拿票的时间，没能在预约时间内到达参观阿尔罕布拉宫的集合地点。

阿尔罕布拉宫是穆罕默德二世以及继任者在十三世纪修建的宫殿，一度被废弃，直到十九世纪，美国作家华盛顿·欧文令它扬名世界，并因此得到修缮与保护。这也是《赭城》书名的来源，因为阿尔罕布拉宫外墙以红泥和岩石砌成，呈赭色，故名“赭城”。

我从巴塞罗那、马德里一路下来走到安达卢西亚省，重要的目的地就是阿尔罕布拉宫，作为摩尔人在西班牙的最后要塞，这是我“摩尔人之旅”的重要一站。因为是“世界文化遗产”，阿尔罕布拉宫限定参观人数，网上的门票在我出发前一个多月就已经预定一空，后来看到在格拉纳达旅游局网站通过格拉纳达卡可以预约参观，于是在出发前就定好了卡。但使用的唯一限制是：必须在预约时间到达集合地点，否则就被取消。然而我去领卡的当天被告知卡已经领完，而其他领卡点还没有开门，对，这就是西班牙。然后我便顺理成章地错过了预约的集合时间。

后来在瓢泼大雨中找了两个地方才拿到一张已经过期的卡，用卡里赠送的免费巴士票在阿宫门口转悠了一圈，觉得自己快要哭出来了。后来雨停了，我吃完饭，太阳也出来了，我再次沿着散步路线上了山（阿宫在山上），一路再一次感受到了一个人旅行的妙处。雨后瀑布流水，寂静的山谷，还有，我随意的人生。

在下山路上，我的随意又获得了补偿，找到一家开门的旅行社（西班牙作息时间是工作到午后两点，下午四点上班），问了一下居然有临时的阿宫游览团，还有名额可以预约明天上午的参观，带高水准英语和法语导游，真是塞翁失马。

在那个快要哭出来的上午，我的确检视了自己身上的很多问题，而且绝望地发现：有些事情一旦形成习惯，你是很难改变的——这大概就是人生的局限。不仅你的意识会有局限（这简直是一个无从探究的黑洞），连带你的行为方式都没有很大改变的可能性。在人的一生中又有多少机会去反省和调整自我呢？当我们无从改变时，大概只能归咎于命运。但人生大多数的错误，却并无深刻的宿命，只有那些显而易见又无从改变的缺陷：懒惰、怯懦、贪心，以及自以为是。

Casa Batlló * / Barcelona, Spain*

巴塞罗那的巴特罗之家的顶楼，身处其中犹如在兽腹。小时候总是恐惧会被鲸吞没，然后常年生活在鲸湿答答黏糊糊的肚子里

Central Park / *New York, U.S.A.*

3月的纽约，从中央公园望出去的景色，像曾梵志的画

Culture is Indifferent.

139
文明总是冷淡的

飞机过白令海峡的时候，我起身去后舱的服务区取了一杯水，然后在舷窗前靠了一会儿，看着皑皑白雪和渐融的冰盖，慢慢忘记了所有的嘈杂。

这架从旧金山飞广州的飞机上装满了唐人街回国探亲的广东人，方言的穿透力和分贝让安眠药都失效了。有人形容与一群广东人坐飞机就像一路跟一群鹅鸭在一起，吵得你要昏过去——此处或有地域偏见，但的确是深受其苦的人的感慨。他们不停地走来走去聊天，彼此吼着也要聊起来。他们有那么多话要讲吗？或者他们除了聊天之外，并不知道该如何独处杀时间？

人生的最大局限就是无论去到哪里，都始终带着自己出生、成长的诸多印记，不管换城市、换工作都无法改变一个人成长过程中携带的那些东西，或许他穿上了名牌，看起来精明能干，但是，从一坐下跷起二郎腿的姿态你就能一眼看到他的过去。

或许有人会说，这有什么关系？做自己就好了。的确经常听到各种说自在、自如、自我的开脱，或是对“装腔”的指责。但是，相对来说，在公共场合，我倒情愿跟一群“装腔”的人在一起，至少他们克制了自我，可以让彼此都好过一些。

另外，文明社会某种程度上是冷淡的，这样才能在一个狭小的公共空间内保证个体相对的独立性和尊严。

那天在旧金山，吃完晚饭步行二十分钟去到城市之光书店，一路穿过唐人街，这里的很多人依然说着台山话，年轻一代也毫不例外，他们仿佛从未离开过家乡。唐人街的气味也类似于广东的街市，鱼腥味混杂着烂水果烂蔬菜味。

然后又想起上飞机时的场景，我站定等前面的人把行李箱放入行李架，后面一位老先生非常着急，拼命推我。他大概有七八十岁了，我再三解释前面有人在放行李，他依然执拗地嘟囔着广东话推我。我想，他大概一辈子都生活在不安全感中，才会无法忍受这三分钟的等待。

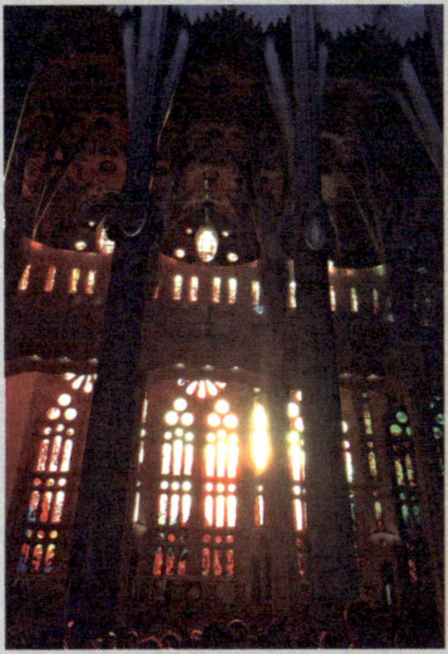

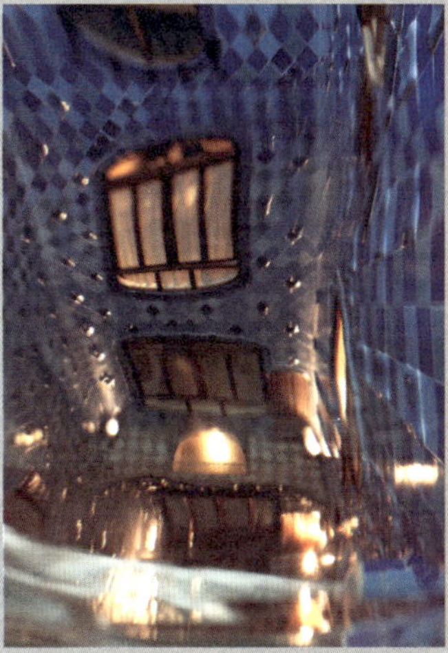

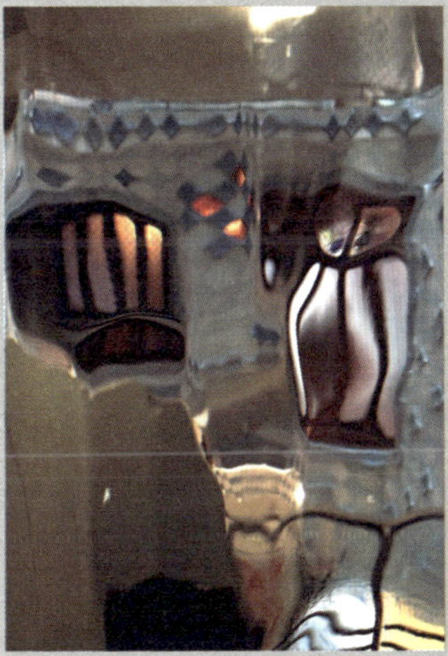

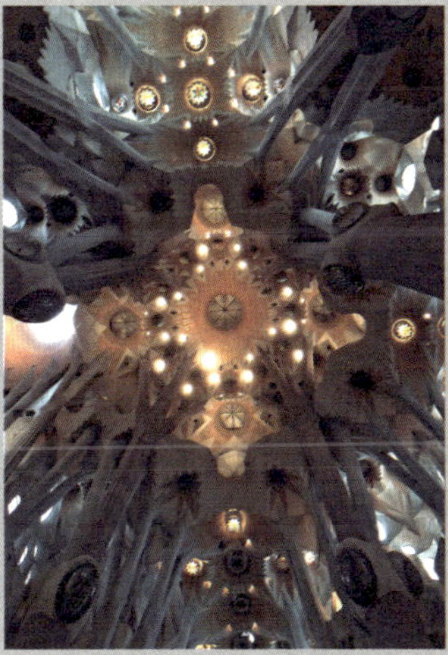

My journey / *Barcelona, Spain*

1. 巴塞罗那的圣家堂，去的时候是傍晚，落日透过彩色玻璃照进来 **2.** / **3.** 巴塞罗那的巴特罗之家，搭电梯时玻璃映现的景致，觉得有迷幻之美 **4.** 圣家堂的内景让我想起外星巢穴之类，但真的美到窒息

1	2
3	4

You'll Find Those Dirty yet Pretty Boys in New York.

143

在纽约，你可以看到最脏的漂亮男孩

又是在雨中，离开了纽约。

周一到纽约的时候，气温高达二十度，那是纽约春天十分难得的温度，很多树都来不及抽芽泛绿，就迎来了迫不及待迎接夏天的纽约人。

对于纽约夏天的部分认知来自《纽约客》杂志的封面，还有像斯派克·李的电影《为所应为》，还有马丁·斯科塞斯的电影，当然，还有伍迪·艾伦的，只是他电影中的纽约多数都是冬天、秋天，或者是像这样不时微寒的春天，好像夏天不多。

纽约的迷人之处在于：你会看到好看的男生，穿着一个月没洗的衣服，可还是那么好看；或者六十多岁的妇人，依然利落，保持着 Tomboy 的装扮；在地铁站总能听到让你感动的音乐……这里的诸多人、事都可以保持多样的可能性，而且他们在任何方向的生长都是水准尚佳的。

可惜行程很紧，主要是工作，连大都会美术馆、MoMA 都没来得及去，唯一的例外是，起了个大早，去了一趟中央公园。因为就住在七十二街，穿过威尔弟广场，走十几分钟便到。第一处便是 Strawberry field，有小野洋子关于这一处的解说，Strawberry field 是小野洋子在 1985 年捐资修建的。其实列侬生前的住宅在中央公园斜对面的达科公寓，但那是伤心地，有他被射杀的拱廊。

另外，还有安迪·沃霍尔的一处旧居在莱星顿街上，而卡波特的房子在附近的公园大道的 1060 号，伍迪·艾伦一开始搬到曼哈顿成为真正纽约客，也是住在公园大道。还有保罗·奥斯特的《日落公园》，书名就是布鲁克林的那个日落公园，他现在还住在布鲁克林……好吧，纽约就是一个到处有故事的地方。或者说，养育我们精神世界的美国文化都可以在纽约找到渊源。

但是，你会发现，好像一个时代的确过去了。那个我们通过书本、电影认识的纽约在老去或者死去。伍迪·艾伦经常出没的 Micheal's Pub 已经结业，他光顾的餐厅 Elaines's 因为主人 Elaine 的去世也关张了。现在八十岁的他只要在纽约，周一都会出现在 Café Carlyle。这次无缘去听，不知道下一次来纽约时，他会不会已经离开这个世界。

当我跑去时代广场，看着那个标志性的大屏幕时，甚至都认不出它来。在阴天的纽约，时代广场只是黑乎乎挤满了各种肤色人群的破街道。这种体验有点像你看到银幕上光彩照人的明星，但是，在现实中，她却是干瘦、矮小，不起眼的。

但纽约并不令人失望。在这个充满尿骚味的城市，全世界的人都在这里寻找机会，或者享受生活。在 SOHO 区，年轻多金的中国富二代开着最时髦的买手店，他们在三月的纽约穿着皮草，脚上是厚底的王大仁鞋。纽约最鲜明地反映着这个世界的变化，即便浮光掠影，你都可以深刻感知。

在这个物欲丰富的城市，你可以买到任何东西，在 Bergdorf Goodman 或者 Barneys New York 转悠的时候，你会发现物质呈现的美感是那么不可抗拒，并深具自我的精神气质。甚至有时，你未必是买，只需放大感官去感受，或者去学习。没错，物质也是需要习得的，不然你只是一个没有判断力的消费者，是粗鄙而野蛮的。

Alhambra de Granada */ Granada, Spain*

在去阿尔罕布拉宫的路上

A Most Beautiful yet Difficult Journey

149

一个人在路上，最美好也最艰难

最后是在雨中离开的波特兰。因为没有算好出门的时间，怕是来不及赶上去芝加哥的飞机，只好在换乘 streetcar 的中途打了一个 Uber。司机叫 Ben，小伙子开着辆破烂的本田车，大概是星期天一早起来没顾得上洗澡，车里一股狐臭味。

开了不到五分钟，波特兰就天晴了。在这里的每一天都是这样，下雨、出太阳，下雨、出太阳，永远没有个准。波特兰本地人也很少带伞，几乎人人都穿各种户外冲锋衣，下雨就把帽子往头上一兜，反正雨也下不大，下不长。在这样的三月，樱花繁盛，落雨也不会觉得冷。

我住在珍珠区一个叫 Lovejoy 的街区，这个“欢爱街”靠近河边，每天早上起来就看到很多人已经开始在跑步了。每次看到他们都憋红了脸，感觉他们在波特兰早春的风雨中要哭出来了。

波特兰很小，我用脚能从 Downtown 走到 Old Town，再走到 Pearl, 轻轻松松都不会觉得累。一路把 West End 所有的设计买手店都逛了，还跑到密西西比大街附近转悠。本来这里离 Pistil Nursery 走路只有一公里多一点，但是中途要经过一个卡车停车场，而且沿路了无人烟，作为独行者突然会觉得害怕。这一带有点像《冬天的骨头》那样的小镇，虽然有精酿啤酒的作坊以及一些创意设计店铺，但他们大多在中午之后才开门，上午只有 White Eagle 开着，它的楼下是酒吧和饭馆，楼上提供住宿，门脸也像荒芜小镇的实景场地。在上午十一点路过时，店内飘出煎培根的香味，大概是某个客人的 brunch。

Beam&Anchoer 的面积挺大的，我是那天光顾的第一个客人，这是 *Kinfolk* 强烈推荐的店铺，除了美国本土设计师的产品之外，这里也有 Tom Dixion 等人的东西，还有一些日本的手工布包和领带。我在这里买了一款 D.S.&Durga 的香水，在它成熟的无花果气味面前，所有小清新无花果香都弱爆了，包括 Diptyque。

另外，我也向店员推荐了一款我工作的公司设计的产品，目前在 Wallpaper* 上有售的一款茶具，对方表示了兴趣，说是如有需求会跟我联系等等。在某一瞬间，突然觉得自己像那种小镇推销员。只不过，我没有拿着装满货品的手提箱，而是拿着一个 iphone6s。

我想，在中国，大多数人知道波特兰是因为*Kinfolk*，这次走的一些地方就是根据 Kinfolk City Guides。但是像之前很热的 Table of contents 已经关掉了，现在回看店主接受的采访，你会觉得媒体以及文字的某种夸大。有想法的文艺青年希望给世界带来一些不同，但是，现实总是很残酷。

很多文艺青年做生意常常是把自己感动过度了。比如，无论是在欧洲还是中国，不少年轻独立设计师的衣服质地很差，完全对不起它的价格。你可以没有供应链，不用新科技面料，但是好歹老老实实的羊毛就用羊毛，常常能看到那种混纺大衣，因为人造纤维用得太多起静电吸了各种白色絮絮。

波特兰的文艺气息是无与伦比的，你常常能在大街上闻到大麻味，再加上街车和不断穿行其间的自行车，都会让你恍惚是在阿姆斯特丹。巧合的是，波特兰也有很多桥，不过俄勒冈州的河可不会像阿姆斯特丹那样是窄窄的运河，而是大河，大河上架着十九、二十世纪的大铁桥，粗壮的水泥墩子，上面飞驰着很多皮卡。

嗯，此时你会回过神来，这是在美国，美国，那个出产《犯罪心理》的美国。当我独自走过那些大铁桥的桥底，偶尔目光与歪在桥柱旁的流浪汉交错时，大量美国罪案片的情节会在脑中闪回。

Portland / U.S.A.

1.波特兰最好吃的餐车，美国海南鸡饭 **2.**波特兰最著名的**Powell's**书店
3.春季的波特兰，住在火车站附近 **4.**波特兰街景

1
2 3 4

好在市中心的大部分地区都是适合行走的，尤其是在不下雨的傍晚时分，每当路过那些小小的街区公园，看着樱花树在余晖中摇动时，你又会觉得这是在京都吧，好想在这里长久生活下去，所有小城的迷人之处就会在你的面前展开。

对于一张亚洲脸来说，波特兰还算是一个适合生存的多元文化城市，这里的餐车几乎提供所有亚非拉国家的食物，包括中国的海南鸡饭，由那家著名的Nong's Khao Man Gai出品，总是排了长长的队伍。令人感动的是油纸包的米饭是浸过鸡油的，放了西葫芦的鸡汤也算美味。当然，鸡肉肯定是那种大白肉鸡，你就别指望有鸡骨带血的脆爽白切鸡了。

不过，我也爱波特兰周末市集那家帕尼尼，马苏里拉芝士、青酱、西红柿，咖啡是本地波特兰烘培的，比其他餐车贵50美分。

在城中最热的Tasty N Sons，我尝试了韩国炸鸡饭，正宗的韩国泡菜再加上韩国辣酱。独自吃饭的人总是对有吧台位置的餐厅拥有好感，挤在一群人中间看酒保各种耍宝，其他旁边的女士都在小口酌鸡尾酒，我喝了杯本地的精酿啤酒，波特兰的精酿啤酒也因为文艺青年的大量入驻而越发火热。

在一个中午的午饭时间，我喝得有点微醺。出门时，一个gay揽着小手跑过来跟我说："I love your haircut, it's so cute."真是开心。

Eat and Love

155

如果可以
独自好好吃饭，
你便不怕
孤独终老了

11·11 是中国购物节。虽然在淘宝出现之前，这个日子通常被叫作“光棍节”，但是，如今剁手党抢购的厮杀早就淹没了单身狗的自怨自艾；或者单身狗也沉浸于折扣、买赠的狂欢中，在看到信用卡账单之前，买买买是世界上最欢乐的事情之一。

在拥堵高峰之后顺利付完款，我又打开编辑页面，继续絮叨一个人的种种。这不光是单身大龄女青年需要自己炖锅鸡汤喝，也未必是针对某一种状态，未婚抑或结婚，主要还是关于一个人探索如何独立面对这个世界。而现代文明最有价值的部分便是：独立个体也可以很舒服地生活。

前段时间，有一个朋友愤愤地说要离开广州（本人亦生活在这个湿热灰暗、时常散发霉味的城市），他说已经厌恶了整天独自吃外卖盒饭，因为他找不到人一起下馆子。我只能劝他早日学会自己做饭，因为长期外食的确是一个比较折磨人的事情。

一个人外食吃顿好饭，对很多人来说，得自带埋沙鸵鸟的勇气，因为在一些人眼中，其怪异的系数应该大于独自旅行拿着自拍杆自拍，小于一个人去 K 歌。

无论是中国还是欧洲，餐厅是一个社交聚会的场所，吃只是一部分内容，更重要是与朋友在一起吃。所以，一个人纯粹为了吃而出现在餐厅就会显得有点与众不同。这种不同让你每进入一个餐厅都需要一番心理建设。

而且一个人去餐厅总免不了一些“特殊”对待，除非预订指定位置，否则你不太可能得到餐厅中比较好的位置，比如靠窗的景观位置。甚至有些餐厅都不提供一个人的预订，比如马德里的米其林二星餐厅 El Club Allard。

在中国的大中城市，好吃的地方都得排队叫号，在一片人声鼎沸中，你需要大声对发号的小姑娘喊三遍：“一个人。”独自刷了一个多小时朋友圈才被叫到号，接着便置身于另外一片人声鼎沸中。点菜时，你甚至没有胆量问出：“有没有半份啊？”只是独自默默吃了，剩下的要了好几个饭盒打包回家第二天吃。

曾经在比利时点贻贝薯条，端上来的贻贝有桌子那么大一盆，那是两人份的量，但没有办法，我得一个人把它解决掉，吃得我快打瞌睡了都还没吃完。在那之后的很长一段时间，我都没胃口再吃任何有硬壳的食物。

有点凄惨是不是，其实还好，有时生活太大，总是无法照顾到那些微小的个体。

我一个人吃过翠园餐厅的大圆桌，周围都在吵，只有你一个人是安静的，像是漂浮在一片人声的大海中——其实一个人也没有自己想象得那么让人瞩目，其他人都顾着自己大声聊天呢。我点了一盘芥兰、一份例汤，还有一盘面，是一顿质量过关的饭，比起吃大家乐，这里的饭菜让人舒服得多。所以，一个人必得吃快餐，那纯粹是一种偷懒，就像单身狗标配食物是方便面那么粗暴。

日本应该是对“一个人”最友好的国家。因为有定食存在，你永远不担心一个人吃撑、吃不饱或者吃不好。很多餐馆都有“一人座”存在，永远有一个人在吃饭，令你不会觉得一个人进入一家餐厅是一种唐突。

那次在日本岚山，独自流连到夜幕降临，路过嵯峨野汤豆腐，正是饥肠辘辘时。入店，店员招呼在吧台坐，店内放着尺八音乐，连我在内一共只有两拨人，一对父女，他们应该是在说亲戚的闲话，虽然听不懂，但人类之间总可以通过表情、神态彼此揣测出很多事情。一个人吃饭有很多机会观察人，也可以更好地体味食物以及进食的氛围。

那天吃完后一人下山，行人友好地招呼：こんばんは（晚上好），觉得自己像是放学晚归的学生，而不是一个独自旅行的人，仿佛转角就到家了，这种陌生的温暖令人十分感动。

一般外食，我的原则都是：不为果腹，专为美味。所以，常常宁肯饿着，也不吃难吃的餐厅；或者会历经长途跋涉，只为有一餐心仪的吃食。所以，一起吃的饭友就很重要——毕竟很多人都不耐烦找很远只为一顿好饭，或者饿得火急火燎还得排队两个小时等候。

对我来说，吃饭亦是一种重要的人生态度，好好吃饭才可称得上是认真细致地活着。至于那些相伴生的麻烦，比如，一个人做饭的繁琐，或者是一个人外食的尴尬，那真是闲时用来吐槽讲个笑话的。

有一次采访“一人食”的拍摄对象Samuele，他说他喜爱早上四五点起床，给自己倒上一杯啤酒，然后花一两个小时用心做一顿早饭，早起做饭、吃饭的时间也是他难得的独处时间。世界还未醒来，天地之间只自己一人，还有炉灶的声音、食物的香气，啤酒在口腔间的滋味。我想：这才是真正懂得享受生活的人。这位“一人食”先生和我一样亦是水瓶座，只见过一次，留下极为深刻的印象，抑或是人生榜样也未可知。

1.用来腌鲜肉的花椒大料炒粗盐，我只是觉得样子美　**2.**在塞维利亚最古老的菜市场的一家海鲜小食铺，我点了三个**tapas**，也是饿疯了，这是其中的一道虾　**3.**明星大厨戈登·拉姆齐在香港开了间餐厅，早午餐卖得好，曾经特意从深圳赶早坐船去吃，这道英国国粹甜点真是扎实　**4.**周末经常做一个烤鸡之类的大餐　**5.**改良版的马赛鱼汤，我不太喜欢把土豆弄碎了煮　**6.**波特兰最好吃的餐车，美国海南鸡饭

1	2
3	4
5	6

My Home / *Guangzhou, China*

周末会好好做顿饭吃，还有，好好吃饭一定要铺上干净的桌布

My Home */ Guangzhou, China*

秋日，从菜市场归来的收获

Part VI

一个人需要严肃面对的那些困难。

灯坏了学习电工，生病了接触医学常识，没钱了本分赚钱，一个人好好生活就是给其他角落里的一个人们减少阻碍。

有时候觉得恋爱和婚姻是一种“我一个人很棒，两个人的话会更好”的感觉。祝幸福。

文字可以安放内心，但婚姻并不能完全安放情感。婚姻中如果对话的 level 不同段，精神世界不 match，那制度也是鸡肋。

“生活合伙人”说的应该是大多数，习惯和无趣总能把婚姻打得落花流水。

爱是冒险的事，但我们生来就是要冒险的。一路寻找，一路找到，一路失去，一路告别。

微信公众号“风流猪狗”的读者对以上弹幕有贡献
王林溪、菲~、鲸公子隐、滢芊、老盛

Egg Freezing

165

那些没钱冰冻卵子的女人

在传宗接代这个问题上，女人好像没有那么执着。最市井又实用主义的一种说法是：生出来又不是跟着我姓。断子绝孙这样的宗法大罪也轮不上女人，那是一套男权语系里生出的概念，让那些直男癌去担着吧。

但是，女人如果没有后代或许在某些时候会觉得遗憾。比如，母爱这个东西缺少了一个直接的释放对象；或者一路从少女走过来，母亲这个阶段没有经历的话，会不会也是一种缺憾。这种不时冒出来的怀疑让女人有些蠢蠢欲动：以防万一，要不生一个吧？

但找谁生是个很大的问题啊。

女人一生总共有 400 多个卵子，排一次少一次。生育倒计时在二十八岁开始逐渐紧迫。但是，孩子他爹没找到，怎么生？每次出去旅行，都会被怂恿，你赶紧的，在路上找个长得帅的基因好的，办了，借个种回来——仿佛生孩子像孵豆芽那么简单。拜托，我的子宫也不是豆芽机，随便扔颗黄豆就能发芽！然后就会被谴责：借个种啊，不然你想怎样？照你这样，接下来就生不了了，再不然就只能找个又老又丑精子质量差的男人生个残疾孩子了——这是一些没心没肺的损友的建议，他们用现实主义的毒舌陈列了单身大龄女青年的一个困境。

然后，你就看到林志玲“冻卵”了，徐静蕾也高调“冻卵”了，特别是老徐，那轻松的口吻仿佛是阔佬买豆浆，喝一碗倒一碗，身体好心情好就飞美国去冻几个。将来想要孩子，就马上找精子、找代母，立马变一个孩子出来。你不得不承认，在生育问题上，有钱真是好啊——至少你有了后路，给万一留下了可能。

中国大陆是不给单身女性冰冻卵子的，据说是按照计划生育的相关法规决定的。在台湾地区，允许单身女性冻卵，但是不允许你在单身的状况下，解冻卵子进行人工受精。所以，你只能把卵子冻着，等待你的真心人出现。（这也很惨烈，冻都冻了，还不能让人用！）

而像徐静蕾那样去美国做一次“冻卵”的费用加起来是 15 万，再加上每个卵子每年 600 美元的维护费用，即使将来要解冻做试管，你也得在美国做，那会是一笔庞大开支。或者你努把力，加入 Facebook 和 Google 这样的好公司，只有他们才会给女性员工报销冻卵的费用。然后再努把力，加入美国国籍，你就可以生了。

我这么说好像很轻松，但说来说去，也还是一个没有能力做冰冻卵子的女人，像这个国家大多数的单身女性一样。

若干年后，在这个国家，所有单身无孩的女人，也许会集体居住在养老院里，在她们身故之后，这个国家会接收她们曾经居住过的公寓、剩余的存款。

How do the Lonely Elderly Feel?

169

作为一个孤寡老人是怎样一种感受？

想起很久很久以前——大约有二十年了吧——看到张爱玲的死讯是在报纸的中缝，那时候的报纸从不讲阅读体验，常常“下转4版”然后让你翻半天。关于张爱玲去世的报道很长，转4版不够都转到中缝了。印象中，对于张爱玲的死亡的描写十分华丽，说她穿上了一袭猩红的旗袍，安静地躺下，再未醒来。当然，还有作者附会的中秋前一夜寂寞的美国月亮。小时候对于这种孤独死的美好臆想完全没有怀疑。

很多年后才知道，张爱玲是去世六七天后才被发现，席地躺在蓝毯子上。浴室没有毛巾，扔满了用过的纸巾。公寓里有很多一次性餐具，随用随扔。从这些客观描述来看，孤独死的现场应该还是恐怖的。

但是，一个人的最终结果就是，一个人走向死亡。

就像社会新闻上写的，独居老人去世一周后被发现，脸已经被宠物狗吃掉。还有更恐怖的是，当你步入老年，独自一人挣扎在生死边缘。

其实老年的孤独惨淡是可以预见的，我们的祖父母、父母，在他们年轻的时候，也是有梦想有追求的，但是伴随机体衰老，他们的精神也逐渐衰微，人生终究难以避免暗淡的收场。

《楢山节考》中的弃老传统其实深深根植于人类基因中，虽然我们没有将高龄的祖父母扔进深山，但是在我们意识中，他们已经被清扫出这个世界了。我们很少想到他们，关注他们的需求，因为这个世界有比他们重要得多的事情，而且相对来说，做这些事情也显得天经地义，比如发展个人事业，照顾下一代。

某一天，当我们脑子萎缩了，对新事物不再敏感，也没有热情再去了解，我们就这样默默地坐着，等待黄昏的到来，等待死亡的到来。

所以，那些过来之人会教导你，要在很年轻的时候结婚，像通关打游戏一样克服万难，两个人一起变老，因为最后照顾你、关心你、陪伴你的还是那个与你争执了一辈子的老伴儿。也只有几十年的相处才可换回老年相濡以沫的情感。老年夫妇之间拥有最可靠的联盟关系，因为肉体不再吸引人，前景只有死亡——谁人愿意接纳和面对一个昏聩、衰老的躯体？

一个女朋友说，她不愿找老男人而想找小鲜肉的原因是，在还不太老的时候，她希望再经历一次青春，而不是提前进入老年。当然，多数中国男人也是这么想。

理论上，世界上的任何一对夫妇，只要本着必须要在一起的前提共同生活，他们是能够克服万难走到最后的。几十年的隐忍换来一段温馨的老年生活，或者一直不将就不屈从，一个人自由自在最后孤独死，这两者之间哪个代价更大？大概也是一种冷暖自知吧。

My Home / *Guangzhou, China*

被朋友爱米嘲笑，我的鞋子都是奶奶鞋。的确我爱极了平底鞋，其中最爱买的就是repetto

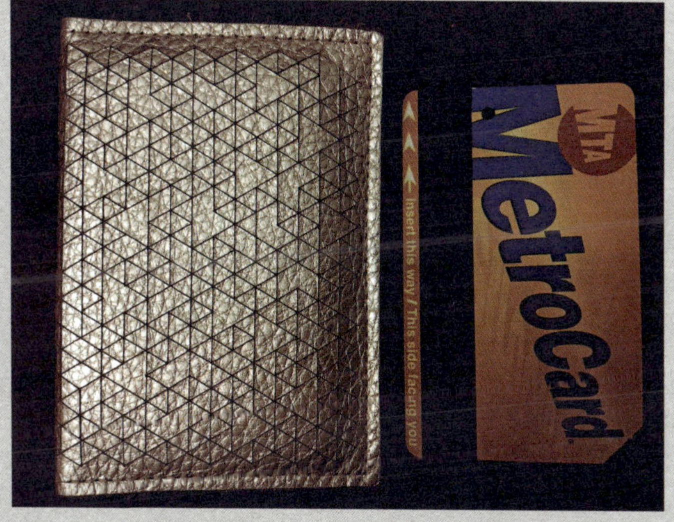

New York / U.S.A.

1. / **2.**这是纽约切尔西的一家家居用品店内景。自从我转行开始做家居产品的品牌公关，把兴趣变成工作之后，日常逛店的幸福感得到了大大提升 **3.**纽约的地铁周卡以及我的卡包。纽约地铁周卡有个令人烦恼的地方就是：它常常刷不出来

1	2
3	

Facing Death Alone

175

一个人
如何面对死亡?

最近经常在朋友圈看到“轻松筹”，各种悲惨的境遇，期待大家伸出援手。然后我就推己及人了一下，假设面对一个不可抗拒的疾病，作为一个以不麻烦别人为第一要旨的人，我会怎么做?或者我的求生意志会令我做到怎样的判断和行动。

有时我也会反省，我的判断某种程度上是否也基于已经拥有的一些条件，比如，我对疾病的认知，一点都不自谦的强大的信息搜索能力，以及来自父母提供的安全感和支持，无论是心理上的还是物质上的。

或许某些人生而便不具备这些条件，因为成长环境有很多局限，无法对生死有自己的判断，无法对治疗的方案有自己的认识，更无法在丧失生命面前保持理性。

我一直很佩服那类在生死面前依然坚守住最后理性的人。

听过一个真事：一位要强的女人，单身，查出乳腺癌，如果化疗，她会拥有一到两年的存活机会。但是她拒绝，瞒着所有人，做完了最后一个工作项目，然后去领受死亡。

听起来是好残酷的事情，难以想象她独自一人走过了怎样的心路历程，也无从推断最后支撑她完成所有事务的毅力。或者你可能会质疑，工作算什么？我想大概她本人都怀疑过，但最后还是说服自己去面对一个残酷的现实：自己会死，然而在死之前，还能做什么？

我觉得所有的祝福、怜悯、人间自有真情在或许真的一度可以温暖人心，但跟真实的死亡恐怖相比，这一切都是那么虚弱，人类的同情是无法解决终极的灵魂解救问题的，甚至爱都不可以，所以，剩下的就只有独自去面对了。说起来，这是很残酷的。我不知道，那位独自面对死亡的女士是否参透了这一切，所以，她选择了完成一些具体的事情，然后去面对那个未知的虚无。

曾经听朋友说，她的母亲在生命的最后阶段，当钱都无法解决问题的时候，他们尝试请寺僧做了法事，后来，她的妈妈还受了洗，信了基督，一切在非物质层面的尝试都做了，但是，最后还是不可避免的，无法解决最后一个阶段的痛苦，以及面对未知死亡的恐惧。

最后，这位朋友的妈妈在痛苦中使用了杜冷丁告别这个世界。

大概面对死亡，就是无解的。

人生就是不断被无常推着向前。而最后的解决方案或许就是那么简单直接，又别无选择。

Lonely Christmas

179

写给一个人的平安夜

明晚平安夜，我应该是在从深圳出差回广州的路上。到时，我想我会在路上打开这首歌。

其实平原绫香的《明日》是这个冬天的主题曲，因为在不同的场景记忆中都会播放这首歌，所以，它串联起了我对于这个冬天的很多回忆。比如，我那件红豆沙色裙子表面的那些凹凸花纹，那是我今年最喜欢的衣服；还有偶然看到的灯光下的手指，其他指甲都剪平了，却漏了食指，大概真的是太忙了就忘记了；在上海时朋友的黑色大衣和她偶尔的泪光，手上的创可贴，还有她问的，什么叫作确定一段关系。

大家都是匆匆往前，所以，那些偶尔的温情总会让人感动。

这个冬天尤其忙，全心投入新的工作。但我偶尔也会有点担心，就像爱一个人一样，太爱好像也未必会完满。但我大概就是只会投入全部的人，无论是爱一个人，还是爱一份工作。大概我也错爱过，但投入的过程的确可以让我看到最好的自己。嗯，其实我想说，我一直是一个傻乎乎努力的人啊。

写这篇的时候，不知怎么，一直是泪奔的状态。

今年即将过去。经历了搬家、深圳炎热的夏天、广深两地的奔波，适应了两份新工作，去西班牙过了一个长长的假期。有一些告别，连再见都没有说，就这么扭头走了。

有时候，一个人走在路上，看着长长的影子，我就想，要努力走下去呢——然后就这么一路走了下来。今年的平安夜，我想出差回来应该会给自己煮碗面吃，然后继续写 PPT，当然，还会播放圣诞音乐。（我这么消极的人怎么突然有一种励志感了呢？）

提前祝大家圣诞快乐。

（本文写于 2015 年的平安夜前夕）

Portland / U.S.A.

1.D.S.&DURGA是我最爱的香水品牌，猜猜我用哪一款　**2.Beam&Anchor** 1
店内。是的，我曾经从各地背回来各种木作。其实我是一个背砧板的人 2

Part VII

给自己一个答案。

爱上一个不爱你的人？那应该就是每天都像在失恋，然而还没开始恋。

我的最后一根稻草已经压垮了。所以，我只想跟能逗我笑的人在一起。

如何去爱一个不爱你的人，又如何去离开一个互相爱的人？这两者都比失恋复杂多了，失恋是因为不够爱，所以时间能治愈失恋。但真爱，无论是否在一起，都是一辈子的印记。

我似乎从来没有过为了什么一定要怎么怎么样的时候，从来没有那么热烈过。看到喜欢的人加我微信不敢直接通过，隔着屏幕心里翻江倒海。想起学生时写情书，也是压着手腕写的。

微信公众号“风流猪狗”的读者对以上弹幕有贡献
里里、七七、朱zZ、d.

Why are You Still be Alone?

185

为什么要告别一个人

现在办公室的 Gary、Peter、Linda、Michelle 已经回到老家，变成了小柱、阿明、春花、小翠，而那些一个人回家的朋友，又在面对新一轮的人生质疑：你为什么不结婚？为什么每年都是一个人回来？为什么别人都找得到合适的人结婚，而你却找不到？

但，你需要告诉原先那个世界的是：Gary 是从小柱一路走过来的，但经过那么多年，他再也不是小柱。感谢命运，让我们走出封闭的世界，成长为有独立思考能力的个体，让我们发现人生的多种可能性，一个人的可能性，两个人的可能性，或者三个人、四个人的可能性；同性的可能性，或者异性的可能性。即便需要结束一个人的状态，那也是自己的事情，跟动物繁衍、人生既定模式没有任何关系，与其他人包括父母没有任何关系。

一个独自在国外生活的朋友回来，她说在过去的一年中，独自搬了9次家。所以，她这一年最大的感受是：想找一段温暖的关系。

一个朋友说，一直期待回家时有一盏灯在等他。

一个朋友说，她想停下来，想要去付出和分享一份爱。

还有一个女孩，我一直叫她“逻辑少女”。她说，婚姻的前提是你们决定排除其他任何可能性，用一辈子在一起。在她看来，这样的“前提”才真正赋予“在一起”神性，而不是一纸婚约本身。

又有一个漂亮的女朋友，她说，有时想要有个人做好饭在家等我，但是大多数时候，当我不需要时，我就希望他消失不见。

所以，有人想要一个情感对话的对象，有人需要一个情感安放的对象，有人需要一段高质量的关系，而有人只需要一个家政服务人员。

女孩在很年轻的时候或许会有一个梦想：穿着世界上最美的婚纱对最爱的男人说，“I DO”。但这种玫瑰色的梦想会随着时间蜕变，她们或许内心依然向往一件 Vera Wang 的婚纱，或者一件 Osaca de la Renta 的礼服，但是站在身边的那位不再是解救她的骑士，而是一个伴侣、一个生活的合伙人，他既不是一张长期饭票，也无法帮助她完成那个臆想中的完美人生。

在艾里克·克里南伯格的《单身社会》一书中，有一位女士描述了她所感受到的两个人生活的某种必要性：“陪伴、交谈、分享、对话是无价的，知道有个人在那里，是一种心理上的安慰。如果有个人陪你一起经历，你会觉得日子过得轻松些。”

在这样一个人人自力更生才有出路的时代，女人跟男人一样，婚姻或者另一半的终点不是一枚闪闪发光的戒指，而是一段有质量的人生的开端。这个质量或许跟物质有关，但更多的是精神和智识上的匹配，是两个成熟的人共同经营一段人生。

对另外一些人来说，他们没有准备好进入这种共同分享、共同分担的人生。他们能够维持一个人的状态或许是因为人生的优越感，不必小心翼翼地面对这个世界，不需要忍受什么，只需按着自己的本意生活。有时会有一些短期的关系，有时会陷入绝望的情感；但大多数时候，他们都是一个人。你不能说他们有多么如意，但两个人也未必就如意啊。在春节这个难得的团圆日子，你大概已经听到亲戚之间离婚出轨的各种八卦了。

人不能永世爱一人。能够不断去爱人也是一种生命力的表现，所以，有些人并不适合当下的婚姻制度。明了这一点，或许可以少一些狗血三角关系，也可以拯救很多心力交瘁，内心对世界充满怨气的女人。

人生总是有许多可能性的。眼前这个男人，真有那么好吗？有时不过是你习惯了他而已。人生永远可以 move on，这是我们在告别一个人、进入两个人状态时不断自我提醒的。从一而终有时是一时冲动，有时是一厢情愿。你可以努力做到只爱一人，但不能用这个去绑架别人，还有自己。

就这样，一个人想清楚了。然后，或许，有机会的话，去真正爱一个人，进入两个人的状态——即便这样也无法保证你会幸福，因为人生总会有很多意外。

My Home / *Guangzhou, China*

作为博物馆控，每到一个城市我就会逛遍城内大大小小的博物馆

Central Park */ New York, U.S.A.*

纽约中央公园是我很爱流连的地方

Thank Me.

193

一篇没有致谢名单的后记

此刻我听着 Neil Young，就着小鱼扁桃杏仁喝 Rochefort 6。我在等保险经纪的电话，即将签人生的第一个保单：一份重疾保险。在房贷之外，每月又将增加一笔新的固定开支。在这之前，我收拾了一下衣柜，发现我家最值钱的地方其实是衣柜，然后吓了一跳。

迄今为止都是有些任性地活着。或许还将继续任性下去。

一个人应该是最快乐的。是啊，有什么理由不快乐？没有任何世俗的负担，不用买尿片、奶粉，不需要攒教育费用，你赚的每一分钱都是为了自己更好的生活。你的所有时间都是你的，不需要为一个懒惰的男人做饭洗衣，不需要为了亲戚的好评去参加闷死人的家庭聚会。

所以，大概如果单身变成一种自主选择，其实也是非常自我的。2016 年即将过去，想想这一年，爱过一个人，也为之痛苦过（希望他能看到，嗯，我就是这么计较的）。如今还是一个人，但我想说，是他错过了我，他不知道曾经有那么一个人可以给到他一份从未体验过的情感和经历。

然后，接下来，我想我会继续去爱人，继续为了更好的自己去突破各种局限。去不断尝试，不断去学习，去看世界，去发现自己的不足，去见那些有趣的人，做一些对自己人生有意义的事情。

2017 年，我很想去学滑雪，还要坚持去健身房，我希望自己变得结实强壮，我希望多巴胺而不是咖啡因来激发我的工作灵感。无论如何，去做一个快乐的人。

单身是什么？大概就是要独自面对一些问题：灯坏了，生病了，没钱了。以上是我能想到的一个人最坏的状况。当然，两个人同样会遇到，而且未必会有比一个人更好的解决办法。有时候，你会发现，这个世界的很多问题，本质上还是需要自己去面对。想清楚这一点，无论是一个人还是两个人，你都可以很好地处理一些问题。

从 2014 年的七夕写下第一篇《单身未必成狗》，到 2016 年的 11 月 11 日写下这篇后记，期间这两年多的时间，我经历了职业的转型，告别了一些人，又认识了一些新的朋友，从刚刚意识到三十需要而立，到深感自己在奔四。人生有一些变化，但唯一没有变的就是对于自我状态的思考和探索。我在想什么是幸福？思考的结果就是：不断克服舒适区，去做一些过去无法完成的事情。人生某种程度上，就是这么一个痛苦地不断自我突破的过程。

人生多艰难。

还要感谢一路上的那些朋友。一直以来，个性上的独立让我很少有那种经常黏在一起的关系。坦率地说，我很少去主动维护一段关系。所以我想：大概愿意跟我做朋友的多半是被我的个人魅力打动吧（在此自恋一下）。感谢你们对我的宽容，忍受我的那些作，还有，我愿意交往的朋友的确都是我的真爱，最后要原谅我不一一具名告诉你们。这是一篇没有致谢名单的后记。但是，所有的爱，还有你们的好，我都在心里记着，我会在扉页上写下：献给我爱的以及爱过的人。

P.S.

我是一个非著名作者，这是我的图书编辑不断提醒我的，她总是以婉转的口吻说，我们不是非常大众的作者。好吧，我已经默认大家都认识我。我是薇薇恩小姐，不是薇薇安，也不是维维安，还有薇薇恩一定要跟上“小姐”二字，大致是想强调未婚单身状态吧。

曾经做媒体，写稿编稿长达8年，其中有6年在《新周刊》写，如今转行做品牌以及市场。闲时写“风流猪狗”以及“一个人又孬又嚣张”这两个微信公众号，专门写一个人的种种，有很多心路历程期待与你共鸣。

风流猪狗

一个人又孬又嚣张